平民
國
能幹妹妹的
國家重生術
作者／若月
繪者／みやま

目錄

序章　一夕之間成為國王！

現在是什麼狀況，到底該怎麼辦。

我感到困惑不已。

我現在身處於豪華得令人手足無措的房間，仔細想想這裡畢竟是王宮，豪華也很正常。一位白髮老人，正躺在我眼前的帶頂大床，而他正是海德堡王國的國王陛下。

「埃莉諾，我對不起妳。」

陛下緊緊握住我的手，以沙啞的聲音向我謝罪。

埃莉諾是我母親的名字。

當我得知母親其實是公主時嚇得魂不附體。

「請原諒反對妳結婚的我。」

原來母親是和父親私奔結婚。

父親本是宮廷文官，是通過官吏錄用考試才在王宮任職的庶民，兩人的婚事之所以被反對是因身分差異過大。

而父母在我十四歲時，皆因傳染病去世了。

後來我被鄰居叔叔收養，開始學習做工。

十八歲時我成為居無定所的工人流浪於大陸各地修行。二十歲開了自己的工坊，每天做工頭指揮部下開心地工作。

我今年二十二歲，就工匠而言正是事業即將起飛的時期。

就在我屋頂修理到一半時，王宮突然派使節過來。

還說什麼我其實是王子。

雖難以置信，使節又說國王陛下處於彌留之際，希望見我一面。而我也想見見素未謀面的祖父，便答應上了馬車。

過去只在王宮露臺見過向我們揮手的國王陛下，現在近距離一看，只覺眼前握住我手的老人十分虛弱，手如枯木。

「埃莉諾，我愛妳。」

我困惑地往後一望。

文官長、武官長、身穿粉紅色禮服的蘿絲公主，以及不計其數的騎士們。

所有人都露出悲痛的神情。

沒有任何人願意對我伸出援手。

蘿絲公主甚至緊皺著眉頭怒視著我，眼神有如在看垃圾。

在王宮露臺向我們揮手時的蘿絲公主，明明看起來充滿溫柔慈愛的氛圍啊。

這時換作是母親會怎麼回覆呢？

我緊握著陛下的手，拉高嗓音說：

「父王，我愛你。」

陛下聽完身體一顫。

穿幫了嗎？我是個男人，瞳孔雖然是琥珀色，但頭髮卻是栗紅色。現在想想，母親的確有著王族特有的琥珀色瞳孔和粉紅色頭髮。

陛下深深吐了一口氣。

「是嗎？太好了，埃莉諾……這個國家就、拜託妳了……」

緊握的手如洩氣般失去力氣。

陛下靜靜閉上雙眸，蓋住琥珀色的瞳孔。

寢室被沉默包圍。

醫師確認過呼吸，聽完心跳後搖搖頭。

「海德堡王國第二十五代國王，馬丁陛下駕崩了。」

周圍傳來了啜泣聲。

不論精強的騎士還是文官，都悲痛地放聲哭嚎。

我站起身，心想屋頂才修到一半，不趕快回去太陽都要下山了，等天黑再修理實在太危險。

使節前來傳喚時，我的部下急忙跑去找我義父，工作的事他應該會幫忙處理。

不過我身為齊默爾曼工坊的工頭，對工作絕不能馬虎。

「吾等騎士發誓，將效忠第二十六代國王維塞・海德堡陛下。」

這個好像叫賽巴斯汀來著的文官長，突然向我跪拜。

喂喂喂，你們先等一下，我哪能當什麼國王，我不過是個工匠啊。

整天蓋房子、修屋頂、填補道路的坑坑洞洞，只是個做粗活的。

「這……我感到很困惑。」

我誠實說出心中的想法。

「突然就叫我當國王，老實說，我也不知道該怎麼辦。」

騎士們一陣沉默。

看吧，連他們也很困擾啊。

而蘿絲公主，一眼就能看出她依然皺眉瞪著我。蘿絲公主今年十八歲，算起來應該是我的妹妹。

她有著王族特有的粉紅色頭髮和琥珀色瞳孔，肌膚透明白皙，五官端正。胸型美妙且豐滿，腰身苗條，臀部有如心型般翹起。小禮服露出的下肢也修長有致。

雖是位漂亮的公主，不過看起來很強勢，又或者說，很蠻橫。

蘿絲公主哼了一聲。

「你這種貨色哪可能勝任國王？」

那表情彷彿是這麼講。

看得我有點火大。

我改變主意了。

「雖然我還什麼都不懂，你們就儘管教我吧，我會努力學習的。」

賽巴斯汀用著期待的眼神看著我。

「……您的意思是……」

「是啊，我願意當國王。」

我是個工坊的工頭，平時指揮部下蓋房子。

國王也是靠指揮文官來經營國家，雖說規模有差，應該還滿類似的。

騎士們似乎鬆了一口氣。

「太好了，這下終於能了陛下的心願。」

「畢竟國庫幾乎空了，光靠我們根本不知如何是好。」

「況且蘿絲公主也無能為力。」

「噓。」

他剛才說什麼？國庫空了？公主無能為力？不會吧。

這怎麼可能。

海德堡王室總是舉辦豪華的儀式，我還以為他們很有錢。

可我實在沒膽現在開口問清真相。

「期待您的表現，王兄。」

蘿絲公主用非常甜蜜的聲音說著。

但語氣明顯透露出了暗諷。

「你又能做些什麼了？沒人會期待你這種貨色。」

她肯定是想這樣講。

「向新王維塞陛下獻上忠誠！」

賽巴斯汀一喊，騎士們就一起站起，手按胸口低頭行騎士禮。

「「「「獻上忠誠！」」」」

蘿絲公主也行了王族禮**屈膝禮**。

細長的睫毛遮住了她充滿氣焰的瞳孔。

不過這位公主還真是漂亮。仰望站在王宮露臺的蘿絲公主時，就覺得這世上怎麼會有如此美麗之人，現在從極近距離一看，簡直如同女神下凡一般。

於是，我成為了海德堡王國第二十六代國王維塞・齊默爾曼・海德堡陛下。

然而不但妹妹討厭我，國庫還入不敷出，事到如今……也只能走一步算一步了。

第一章　公主妹妹與國政與口淫誘惑

1　啜泣的公主

唉，好睏……

四名身著白色飄逸祭衣的巫女，配合著弦樂器的莊嚴旋律起舞。

她們圍繞的中央，是放著國王陛下遺體的棺材。舞蹈結束的同時，棺木便被抬進墓穴。

巫女們的舞技真的是十分精湛，甚至超越馬戲團的舞者，我都覺得她們能收錢了。

前來弔問的鄰國國王們，目不轉睛地看著葬送的祭舞。

但老實說，我只全神專注在忍著呵欠。

陛下駕崩後我先回了家裡一趟，向義父和工人們解釋事情經過，並拜託他們處理之後的事。

所有人比起開心，更明顯感到疑惑。

齊默爾曼工坊就此解散了。

放棄愉快的工匠工作，心中確實有些複雜，我決定把工坊名當作我的中間名做為紀念，並全心投入於國王的政務上。

一回到王宮，就開始進行葬禮儀式的演練。

不光得背下儀式時要說的話，還要盯著肖像畫把前來弔喪的國王長相一個個記住。

最後還有裁縫師跑來量身縫製禮服。正式縫製前還得先假縫試穿，光做件衣服就折騰了老半天。

總之當下真的是忙翻了，連睡覺的時間都沒有。

海德堡王國的王族以慈愛女神歐墨尼得斯為始祖，擁有悠久的歷史，也因此儀式冗長又豪華。

我終於忍不住打了個呵欠。

蘿絲公主見狀便瞪我一眼。

「王兄，太不得體了。」

嚇得我重新端坐在王座上，擺出一臉嚴肅的神情。

蘿絲公主也太強了。這麼長的儀式，她竟然還得站著看完。

照理說她是我妹妹，可我怎麼算都不對勁。

我雙親生前開了個私塾，在那邊教小孩讀書寫字算術。

蘿絲公主出生時我應該已經四歲了，我怎麼都不記得母親有生過妹妹，總不會是我忘了吧？還有為什麼只有蘿絲公主被王宮收養？

莫非是母親姊妹的小孩？若是這樣她應該是我的表妹，怎麼成了妹妹？

弦樂器的聲音止息，巫女們就地屈膝將頭低下。

女神官長唸起祝詞的同時，棺木被放入墓穴中，並埋上土。巫女們對著棺木撒上白花。

周圍傳出了啜泣聲，我轉頭一看才發現是蘿絲公主。黑色長禮服實在非常適合她。

「祖父大人……」

一旁也有人聞聲落淚。

此時文官長賽巴斯汀對我使了個眼神。

我便從王座站起。

「祖父、海德堡王國第二十五代國王馬丁陛下的葬禮，圓滿禮成。非常感謝前來弔問的諸位。相信祖父也會十分高興。接下來將由我，維塞・齊默爾曼・海德堡繼承王位，擔任第二十六代國王，治理這個歷史悠久的國家。還請各位多多指教。」

全場一起鼓掌。

「不是由蘿絲公主即位嗎？」

「過去沒有女王的前例。」

「聽說新王是平民出身的。」

「什麼──我才心想從沒見過他，原來是這麼回事啊？」

「馬丁陛下不是有個女兒埃莉諾公主嗎？聽說是埃莉諾公主私奔生下的孩子。新王的父親還是個庶民。」

周圍傳來了交頭接耳的聲音。

喂——那邊幾個貴族，我都聽到囉——

我用權杖敲地站起。

在巫女的引導下，闊步於跪拜的貴族當中真的是十分爽快。真心覺得自己變偉大了。

蘿絲公主跟在我的身後，傳出了抽噎聲，眼淚似乎還沒停下。

「拿去。」

我手朝後遞出手帕，妹妹卻把頭別過甩都不甩。看來她是真心討厭我，我高亢的心情也一口氣跌落谷底。

2 晚餐會

葬禮結束後緊接而來的是晚餐會。

大家在談笑間享用美食與佳釀。

就這點來說，庶民和王族的葬禮沒什麼不同，就差在食物美味太多。

「我深表遺憾。」

一名臃腫的中年男子，用尖銳的聲音向我搭話。這人是列支敦王國的約阿希姆陛下。

「約阿希姆陛下，感謝你前來弔問。」

「哦哦，你記得我的名字啊，那個……」

「我是維塞・齊默爾曼・海德堡。還請你多多指教。」

「初次見面，維塞陛下。」

一名爽朗的年輕國王問候我。

「你是腓特烈陛下吧，非常榮幸見到你。」

我國是被諸大國包圍的小小國家。海德堡王國的西側是列支敦王國，東側是明克斯王國，兩個都是大國。

若是能從天空俯望我國的話，看起來大概就像是荷包蛋的蛋黃。

而我國，就是靠調整兩大國的國力來維持和平。

譬如列支敦王國若發生水患，我國將無償提供麥子並借款援助。明克斯王國打算增加軍備時，則催促他們償還債務削減國力。

因此必須和兩國國王打好關係才行。

不過這個約阿希姆王，竟然抓著蘿絲公主的手摸來摸去。

「蘿絲公主，請妳不要再哭泣了。妳這模樣就好像是被雨打溼的玫瑰一樣令人心疼。我有什麼能幫上妳的嗎？」

這該死的大叔，我妹都露出看雜碎的眼神了，你還不知道她是在嫌棄你嗎？她之所以會哭，純粹是因為你太噁心了。

「約阿希姆陛下，請用我國自豪的紅酒。很美味喔。」

我往這中年大叔的酒杯裡倒酒，紅酒裡還特地多加了點伏特加。

「謝謝。」

我也飲下杯中物，只不過我的是葡萄汁。

雖然我愛喝酒，不過身為一國之君總不能在儀式場合喝個爛醉。

「嗝。」

「真是好酒量，再來一杯吧。」

我向蘿絲公主使了個眼色，要她回自己房間。妹妹點了點頭，便用手帕遮住嘴巴離席了。

場子漸漸熱絡起來，所有人各自享受了這場餐會，這次到底是祖父的葬禮，妹妹不在場應該也沒關係吧。

3蘿絲的誘惑

漫長的一天終於結束，我累得臥倒在床。

明明十分疲倦，卻清醒得輾轉難眠。外頭還能聽見女僕、王宮執事和文官們在廊上走來走去的聲音，相信是正忙著善後。

我心想反正都睡不著，乾脆叫賽巴斯汀拿帳簿過來，讓我知道國家的赤字金額到底有多少。

於是便下了床。

正當我打開寢室門時，發現蘿絲公主站在門外。

她身著白色薄絹的晚袍，上面再披了件睡衣，胸部和手直接從衣服透出，實在不知叫人該看哪。

天啊，她真的是太美了。白皙的肌膚、粉紅色的柔亮頭髮、櫻花色的雙唇。還有，她意外地是個巨乳。

「這麼晚了有什麼事？」

「我來向王兄道晚安。」

「晚安。」

說完我正想把門關上，妹妹卻露出了乞求的神色。

「不要關門！我有事要找王兄!!」

這是怎麼回事，她這與其說是下定決心，更像是走投無路。

我把門打開，將妹妹請進房。

忽然，她緊緊抱住我。

豐滿的胸部，直貼著我的身體。

鼻子還聞到了甘美的香氣，這不是香水，而是蘿絲公主的體香。

「王兄，請你抱我！」

這是什麼情況。

妹妹不是討厭我嗎？

看著蘿絲公主的身體不停顫抖，八成是有什麼理由。

於是我將妹妹的手拉開。

「妳碰到什麼困難，就說出來讓我知道吧。」

「我必須要捨棄處女身。必須要成為女人。」

「妳在胡說什麼？我們是兄妹啊。」

「我是個孤兒。大概是五歲的時候，我在路上行乞時被碰巧經過的祖父大人收養。他說是因為我長得和兒時的埃莉諾公主很像。」

「我完全不知道。我還以為蘿絲真的是我國的公主。」

「知道這件事的，只有賽巴斯汀和祖父大人而已。」

原來如此，這下真相大白了。我並沒有記錯，母親生下的孩子只有我一人。陛下是太想念女兒，才會收養貌似母親的蘿絲公主，把她當自己孫女養大。

「我將成為約阿希姆陛下的第五位妻子。我打算迷住約阿希姆陛下，並懇求他庇護我國。幸好陛下似乎很中意我。為此，我必須先找人有過經驗……」

「什麼？」

「因為，我國已經嚴重超支了。」

為什麼超支會跟蘿絲公主成為那色老頭第五個妻子扯上關係？

「我聽不明白啊，拜託說清楚點。」

「明克斯王國要求我國借錢。今年的風水災害特別多，他們要重新整備道路，還要修繕橋梁。」

確實如此，今年有特別多修理屋頂的案子，齊默爾曼工坊也靠這賺了不少。

「但是，我們付不出來。國庫幾近掏空了。所以我，才打算嫁給約阿希姆陛下，尋求列支敦王國的庇護。只要我一個人犧牲就能拯救這個國家！為了國家付諸行動，是我這個至今靠稅金生活之人的義務！」

「不對啊，妳搞錯了吧。我們應該從列支敦王國那邊撈錢，然後借給明克斯王國才對啊？我國之所以能在兩大國間求生存，不就是憑藉著調整兩國的力量平衡嗎？」

蘿絲公主直盯著我看。

「確實如你說的一樣……不過這種事不可能做到。就連賽巴斯汀，還有其他文官都絞盡腦汁了，依然想不出任何辦法。」

「讓我看列支敦王國的借貸帳簿。賽巴斯汀應該還醒著，跟他說一聲應該就會拿來。」

父親曾經說過，海德堡王國是金融王國、牆頭草王國、詐欺王國。這不是蔑稱，而是指我國是這個大陸的安全閥。藉由調整明克斯王國和列支敦王國，這兩大國的國力來預防戰爭。說這片大陸的和平是靠我國守住的也不為過。

「這種事，怎麼可能做得到……」

「不是做不做得到的問題，而是非做不可。」

義父曾提點過我，不論是多麼優秀的記帳員，都無法做出毫無瑕疵的帳本，所以才需要反覆檢查。

我說什麼都要找出那些漏洞。

4文件詐欺

蘿絲·奧拉·海德堡，站在翻閱帳本的兄長和賽巴斯汀身後，兩手交錯在身上披的睡衣前緊抓住身體，心中滿是期待和不安。

（王兄不可能做到。）

（不過、萬一，王兄真想到什麼辦法。我或許就不必嫁給那個噁心的男人……）

「賽巴斯汀，這個呢？」

兄長翻閱帳簿向賽巴斯汀提問。沒想到他會看帳本，還以為兄長是個不學無術之人。

「這筆已經償還了。」

「這個呢？利息部分還漏著。」

「這會在一年後支付。」

（果然，他根本就做不到。像這種庶民出身的粗俗男人，哪有可能想到辦法。）

「這個呢？這個一萬零五百四十六第納爾。還沒有支付吧？」

「確實如此……不，根據出納帳表紀錄，錢已經還清了，只是文件沒有記錄。是列支敦王國官吏的文件缺失。」

兄長露出了頑童般的笑臉。

兄長的樣貌不算差。有著海德堡王族特有的琥珀色瞳孔，五官也和埃莉諾公主的肖像畫神似。樣貌雖然端正，卻因晒黑的肌膚顯得精悍。這樣的他，正露出不懷好意的笑容。

「能幫我製作這筆金額的請求償還文件嗎？」

「行是行，不過這已經超過時效，是十六年前的紀錄。」

「如果有國王許可的簽名呢？賽巴斯汀你會怎麼處理？」

「在下會選擇支付。比起時效，國王的簽名更為優先，畢竟國王等同於法律和權力。」

「本金加上十六年的利息是……」

兄長動起計算尺。

（王兄還會算數啊。）

賽巴斯汀同時開始計算，然而兄長比他早一步算好。

「就算借給明克斯王國還綽綽有餘。」

「確實如此。不過維塞大人，這麼做是文件詐欺。列支敦王國肯定會大發雷霆，真的不要緊嗎？」

「別擔心，我有個主意。能幫我在遠離王宮的地方，找個稍微奢華的房子嗎？等約阿希姆陛下一發飆，就把他帶到那邊。」

「需要離宮是嗎？有一個做為迎賓館使用的地方，應該十分適合。在下會暫時讓貴族們停止使用那裡。」

「蘿絲公主，我有件事要拜託妳……」

「要做什麼？」

「我想拜託妳去找約阿希姆陛下給這份文件簽字。」

兄長在毫無矯飾的羊皮紙上流暢地動筆。

「就是這個。」

他將金融債權償還文件遞給我。

上面寫的是遠高出本金十倍以上的金額，這真的沒問題嗎？儘管感到不安，蘿絲依然咬緊下脣站起。

「賽巴斯汀，帶我去約阿希姆陛下的寢室。」

「是，蘿絲公主。」

「我也一起去，我還得保護自己的寶貝妹妹才行。」

一行人急忙走向約阿希姆陛下的房間。

敲敲門，等打開門後，只見陛下渾身酒臭味，躺在床上睡臉皺成一團。蘿絲站在床旁，用甜美的聲音輕聲細語道：

「約阿希姆陛下，我有事相求。」

陛下睜開眼睛，但依然恍神，看來是半睡半醒。

「能請您在這份文件上簽名嗎？」

「哦哦，知道了。就這個嗎？」

陛下抬起上半身，一接過羽毛筆，連羊皮紙的內容都沒確認過就快速揮筆簽名。公主拿回羊皮紙，便交給了兄長。

「非常感謝您。陛下，還請您好好休息。」

蘿絲行完王族禮，剛抬起頭，就再次聽到規律的打呼聲。

一行人悄悄地走出寢室，回到房間。

「好啊，拿到簽名了。」

「是的，這樣一來文件就備齊了。剩下就是在下的工作。封蠟後交由傳令武官送至列支敦王國，相信明天傍晚就能拿回證券金幣。」

賽巴斯汀向兩人道過晚安便退出房間。

——解決了？就這麼簡單？

——我，不用嫁給約阿希姆陛下了？明明煩惱了那麼久？

忽然放心使得全身無力，整個人愣在原地。

「這都多虧了蘿絲公主，妳立了大功呢。」

兄長露出爽朗的笑容。

明明已經深夜，他卻看不出有絲毫疲憊。

望著兄長的臉，使得放心和驚訝成了引線，讓感情一口氣爆發出來。

「太過分了！」

「欸？」

「我一直苦惱得睡不著覺！還哭了那麼久！你卻只花兩小時就把事情解決實在太過分了！這樣我的煩惱到底算什麼！」

蘿絲用她那雙小手捶向兄長。

而維塞則笑著任憑她發洩。

「好乖好乖，妳很辛苦對吧。」

兄長用他偌大的手摸了摸蘿絲的後腦。

「沒錯，真的是很辛苦。我竭盡所能學習了禮儀。一切都是為了讓自己成為公主。就連學問，甚至舞蹈也努力練習了。誰叫我是靠著稅金過活，我早就做好為了王家、國家還有國民犧牲性命的覺悟！可是、王兄……王兄卻……那麼輕易地……太過分！太過分了!!」

蘿絲抱緊住兄長，哭得泣不成聲。

5 想要取悅他

我終於明白了。

原來這位公主之所以討厭我，是這個緣故啊。

蘿絲公主本來是孤兒，能夠依賴的人只有陛下。陛下去世之後，公主便孑然一身了。賽巴斯汀雖知曉公主的生平，但到底也只是名家臣。

就算學習禮儀和舞蹈，成了落落大方的公主，然而面對國家的危機被迫做下決斷，卻不知如何是好。

這孩子是獨自一人在奮戰。

我能理解她的心情。

我在雙親因傳染病去世時，也因悲傷和不安交織弄得魂不守舍。

「有我陪著你，放心吧。」

這是我在父親葬禮結束後不知何去何從之時，義父所說的話。義父拍了拍我的背，令我心中踏實不少。

我抱緊妹妹，拍了拍哭得淚人兒般的她。

軟綿綿的身體緊貼著我，能清楚感受到她的溫度，還聞到一股甜美的體香，而柔亮的頭髮好像散發光芒一樣。

仰望站在王宮露臺揮手的公主時，只覺她的身姿端莊大方，沒想到實際上是個如此憐人的女孩子。

糟糕，身體起反應了。

「王兄，腰那邊好像腫起來了。」

我趕緊把手放在妹妹肩上，將她推開。

「我沒事。」

「我好擔心，讓我看看吧？」

「就跟妳說過沒事了！」

我將蘿絲公主伸過來的手揮開，卻被她瞪了，那簡直是看著垃圾的眼神。

「我可是在擔心你啊？你應該感到光榮才對！」

她將下巴揚起，雙手扠腰說道。那壓倒性的眼力令人無法拒絕。

「我感到十分榮幸。」

「我要摸了，可以嗎!?」

「是。」

蘿絲撫摸了兄長的下體。

「這是什麼?好熱，還不停脈動，摸起來堅硬又有些柔軟。」

「唔嗚……」

平時難以捉摸的兄長，現在卻不停顫抖著。

（呵呵，王兄竟然會如此動搖。）

當指尖撫摸到將褲子向前撐大的棒狀物，她猛然驚覺。

男人下體的東西。這難道……

（難道這個，就是女僕們竊竊私語時常提到的，雞雞嗎？）

我急忙將手收回。

「呀、難道說，這個、奇怪?怎、怎麼會……變得這麼大……」

在過去乞討時，曾經看過同為孤兒的男性性器官。不過，那只有蘆筍般大小，甚至覺得有些討喜。

「這、就是妳想的……那個。只要一興奮……嗚、就會……變大……」

「實在難以置信。」

「我也、不敢相信……蘿絲公主，是我們憧憬的……公主殿下……我太高興才……」

兄長的聲音顯得十分興奮。

（憧憬？我嗎？）

（沒錯，我非常美麗。是國民們嚮往的存在。這都是我努力的成果。）

「王兄被我摸感到高興嗎？」

「是啊……」

「知道了，那我就繼續吧。直接摸可以嗎？」

「這……」

「真是的！不要畏畏縮縮的，實在有夠煩人!!我要摸了，聽到沒！」

蘿絲一鼓作氣把兄長的褲子扯下。

「呀啊！」

男根從褲子蹦出晃來晃去。

——這是什麼？這……？好可怕……

真不甘心，竟被這種東西嚇到。不過身為海德堡王族的公主，無論何時都必須處之泰然才行。

維塞將身子縮成一團，雙手遮住下體。

「把手拿開！」

這名公主，年紀雖比我還小卻充滿威嚴，令人不得不從。

我只好戰戰兢兢地把手放下。

「唔……！」

蘿絲公主臉頰泛紅，兩眼直盯著那東西看，雙唇不由自主地顫抖著。

「這麼噁心的東西，不要讓我看啊——！」

她竟然對我發火，太不講理了。

妹妹八成是沒看過成年男子的陰莖吧，又或者是完全沒有性知識。

畢竟她住在王宮，成天學習禮儀之類的東西。之所以生氣，或許是內心的恐懼和好奇心交戰後的表現。

正當我鬆一口氣想把褲子穿上，她又再次揚起下巴，一臉傲慢地說：

「剛才不就說了……讓、讓我摸啊！」

（那又要我別給妳看？）

（雖說我也想讓她摸啦。）

「想要我摸還不開口請求！」

「拜託妳了。」

蘿絲公主跪在地上，伸出白皙的手，以綿軟纖細的手指纏住肉莖。為了不正眼瞧見而別過頭的模樣十分可愛。

「討厭，好噁心……本公主可是特別為你做這種事，要感到榮幸啊！」

（呃——現在到底是什麼情況？）

蘿絲公主一面生氣，小手卻不忘緊握又鬆開眼前的東西。

「那個……能夠前後套弄嗎？」

維塞委婉地提了請求。

「像這樣？」

捲成筒狀的手前後動了起來，感覺非常舒服。雖說和娼婦的手交相比自然是毫無技術可言，然而那小心翼翼的動作，卻產生了超乎想像的快感。

「唔嗚……」

「會痛嗎？」

蘿絲嚇得急忙把手鬆開。

「不，非常舒服……妳是一國的公主……過去只能從遠處仰望的蘿絲公主……竟然為我做這種事，簡直像在做夢……」

「呵呵，好開心。那麼我繼續喔。」

公主再次握住肉莖，手前後來回地搓弄。前端小孔湧出了透明液體，就像是被公主搾出來似的。

「這是什麼？」

「只要舒服就會流出來。」

「是嗎？」

（這麼說來我也一樣，在手淫時覺得舒服就會流出黏黏的液體。）

蘿絲將頭抬起，表情變得較為柔和。

公主的職責，就是成為國民憧憬的存在，並常施慈愛。她從小就被如此教育，或許這麼做對她而言也是相同的行為。

「呃，口交要怎麼做？」

「為什麼妳會知道這種東西⁉」

「我聽女僕講的，她經常告訴我要如何取悅情人。雖然我聽不太懂，總之先記了下來……譬如該怎麼舔之類的。」

「是、是這樣啊。那能幫我舔嗎？」

「舔什麼？」

「雞雞。」

「不要——！好噁心——‼」

我的寶貝一瞬間垂頭喪氣了。

「呀啊，這、這是怎麼！」

「那個，因為被妳說噁心，該怎麼說，覺得有點受傷了……」

「這、這樣啊，對不起。那麼……我要舔了。」

蘿絲希望取悅兄長，便伸出舌尖，舔了龜頭一下。

「嗚啊……」

維塞不禁發出呻吟。

過去高不可攀的蘿絲公主，竟然跪在他面前，舔弄著他的龜頭。

由於她只身著晚袍再披了件睡衣，乳溝清晰可見。

加上蘿絲公主的舌頭如貓一般粗粗的，這兩種強烈的刺激使得維塞好像隨時都會射精。

「沒有味道啊，一點也不甜。讓它變美味點！」

（這公主到底在胡說什麼啊。）

「別強人所難了。」

「這個明明像糖漿一樣透明漂亮。」

蘿絲公主抬起頭來，露出可愛的笑容。

態度軟化了？剛才明明還覺得噁心。

「能含進去嗎？」

我誠惶誠恐地嘗試問問看，蘿絲公主用著朦朧的神情點了點頭。接著張開嘴，把整個龜頭含了進去。

維塞從上俯瞰著蘿絲公主，確認到自己的男根，消失在妹妹美麗的臉龐時，感到無比興奮。

淫滑熾熱的舌頭緊緊纏住了龜頭。

「唔嗚……」

（這是怎麼回事，怎麼會如此舒服。）

蘿絲公主的口交，並沒有娼婦那樣的技術。就只是單調地吸吮舔弄而已。

但卻舒服得令人難以置信，就好像龜頭要融化在她口中。

「啾、啾噗……♡啾嚕啾嚕♡咧嚕♡」

（這孩子，竟然能露出如此煽情的表情啊。）

身為公主充滿慈愛的笑容、哭泣時的面容、厭惡地狠瞪維塞時的表情、充滿威嚴的神情，還有雙頰泛紅，含著自己肉棒時的臉。

光是想像就讓人頭暈目眩。

（這世上只有我，能看到她這麼色情的一面。）

「嗚、咕……！」

維塞忍不住發出喘息，快要射精了。

蘿絲公主眼睛朝上一望。

「像這樣嗎？只要這麼做王兄就會覺得舒服？」她的表情似乎如此訴說著。

「咧嚕♡……嗯♡……啾……啾啾啾♡……啾噗……」

公主開始發出聲音吸吮著龜頭。

「嗚哇、嗚啊啊。」

要被吸出來了，簡直像是硬把精液從陰囊中吸出來。

腰不由自主為這股強烈的吸引感發出顫抖。不行了，已經無法忍耐，腰的深處好熱。

「蘿絲公主，等、等等……」

一陣酥麻竄過身體。

射在女孩子嘴裡這種事，怎麼想都太過失禮了。

「要射了！」

本想急忙推開她，但蘿絲公主卻雙手環住我的屁股，而且吸吮得更加賣力。

我終於明白，這位公主幾乎沒有性知識。以為我是在抗拒她，才會變本加厲地進行口淫服務。

「啾噗啾噗♡啾嚕嚕♡……咧嚕♡啾♡啾啾啾……♡」

嘟噗！

「嗚哇，要、要射了……抱、抱歉!!」

嘟噗嘟噗！

蘿絲公主被嚇得兩眼睜大，急忙把肉棒吐出。

嗶啾、嗶啾嗶啾!!

精液如雨下般濺在妹妹臉上。

維塞心裡慌成一團，想著怎麼能弄髒女孩子的臉。然而玷汙美麗事物特有的快感，使得他腦袋一時轉不過來。

「對、對不起！」

蘿絲公主眉頭緊蹙不悅地別過頭去，臉頰上充滿方才釋放的白濁液。

她生氣了，而且是怒不可抑。

雖說剛射完整個人神清氣爽，身體卻嚇得不敢動彈。

射精總算停歇。

蘿絲公主從口袋取出手帕，靜靜地擦拭臉龐。

然後，狠狠地瞪了維塞一眼。

「對不起，那個……該怎麼說……」

妹妹轉身走出國王房間。

留維塞一人抱頭苦惱。

（我的天啊，我到底做了什麼好事。這下絕對被討厭了，說不定再也不會跟我說話……）

6 獨自撫慰

蘿絲脫去睡衣，一頭撲倒在床。

多麼漫長的一天，又是葬禮又是餐會。本以為粗鄙的兄長，沒想到在儀式場合表現得得體大方。

被約阿希姆陛下攀談正困擾時，也多虧兄長伸出援手，甚至還憑機智拯救我國脫離困境。

口中，還留有兄長男根的觸感。

內褲底側溼漉漉的真不舒服。

——只要舒服就會流出來。

兄長是這麼說的。

（莫非我覺得舒服？）

當時忘我地舔著兄長的雞雞，完全沒注意到。下腹部整個發燙，就連內褲內側也熱熱的，甚至還溼成一片。

（舔那麼噁心的東西，怎麼可能覺得舒服。）

拿起手帕按住嘴時又再次聞到那股味道，上面完全沾染了兄長精液的味道。那個帶著腥臭的奇妙氣味。

下腹忽然一緊。

「王兄的味道……」

蘿絲將晚袍裙襬掀起，將手伸入內衣底下撫摸私密處。

手指摸到黏稠的蜜液。

「嗯……」

蘿絲心想內衣真是礙事。便仰躺在床上，用腳將內褲拽下。大腿成◇形張開，也不顧內褲捲成一團纏在右腳踝上，便開始撫弄自己的私密處。

手指從晚袍隙縫伸入，並將花蕾撐開。

嚕啾。

「啊……哈啊……哈啊♡……嗯嗯……啊……」

蜜液如泉湧般溢出。

左手用手帕按著嘴壓抑住差點漏出的淫聲，右手則繼續玩弄著溼成一片的黏膜。

對蘿絲而言，自慰是她每晚不可告人的享受。是唯一不需維持公主形象，將一切瑣事拋諸腦後的瞬間。

蘿絲的指尖不停挑弄著陰核，使得它逐漸腫脹，最後從包皮露出。

「嗯……嗯嗯……啊……♡」

以指腹來回撫弄，便產生如電流般的快感竄過腰部。

她心想平時明明玩弄陰核就能滿足了，為何唯獨今天會想追求更進一步的刺激呢？

興奮使得胸部慢慢脹大，穿著胸罩實在有些難受。

蘿絲掀起晚袍，將手伸進胸罩讓乳房裸露出來。

接著躺在床上張開大腿，左手搓揉乳房，右手開始撫弄陰蒂。

「啊啊……嗯……嗯嗯……哈、哈♡……嗯……啊啊……」

或許是羞於自己的淫聲，蘿絲銜住手帕壓抑聲量。

「嗯……呼……嗯……♡」

（王兄♡……王兄……）

（如果這手是王兄的就好了。）

蘿絲吸吮著手帕，不禁覺得上頭沾到的苦澀精液十分美味。

伸進晚袍隙縫撫摸的手指，摸向了肉穴的入口。

逐漸把手指伸入後，緊致的處女肉壁，緊緊纏住蘿絲的手指。

平時自慰並不會將手指伸進去，頂多是用指尖逗弄陰核。可是經過剛才的口交，使得穴內也變得酥酥麻麻的。

處女膜的開口處，狹窄到最多只能擠入兩隻指頭。

（王兄的雞雞又硬又大，那麼地雄偉……♡）

滑向處女膜裡面的兩指，呈V字型撐開。然而因處女膜太硬，只能弄出一點點的空隙。

這麼窄的洞，不可能把那麼大的東西放進去。

可是好想要，想用身體的最深處去感受兄長。

蘿絲將右手食指和中指合攏，反覆地向處女膜裡面抽送。

穴內慢慢變得熾熱潤澤又黏稠，令蘿絲更覺興奮。處女膜裡的肉壁上布滿的皺褶，也緊裹著手指不放。

（原來陰道裡，是長這樣子啊？）

興奮使蜜液不斷湧出。

（難道，我真的喜歡兄長♡？……不對，不可能有這種事……像他那種，只會逞口舌之快又虛張聲勢的男人，我怎麼可能會喜歡……）

搓揉乳房的手變得更加用力。

真要自慰起來，是沒有終點的。

雖然舒服，也僅如此罷了。做得越久只會加深結束時的空虛感。

蘿絲有如要懲戒淫蕩的自己一般，使力掐住乳頭和陰蒂。

「……嗚!!」

幾近疼痛的快感使得身體發出顫抖，下半身也痙攣不已。

腦袋變得一片空白。

纏在腳踝上的內褲不斷搖晃。

沉溺於淫靡一人遊戲的蘿絲，銜著沾染精液的手帕，從晚袍下襬袒露乳房，下半身一絲不掛呈現放空狀態。

因自慰而勃起的陰核，好似欲求不滿地顫抖不已。

那幅簡直猶如遭受凌辱後的模樣，也是清純中帶有威嚴，充滿慈愛的蘿絲・奧拉・海德堡殿下，所不為人知的另一個容貌。

第二章　嘴上嫌棄邊獻上處女

1 孩子們的感謝

「約阿希姆陛下，請往這走。維塞陛下正等候著您。」

賽巴斯汀正在為列支敦國王約阿希姆陛下帶路。

「維塞陛下為什麼不來見我？竟然隨便找個文官帶路實在太失禮數了！」

約阿希姆陛下面紅耳赤地喊著。

賽巴斯汀是文官長，爵等是子爵。派他來為一國之君帶路，絕非無禮之舉，但也不難諒解約阿希姆陛下的心情。

畢竟十六年前的文件缺失被拿來利用，還被詐取了大筆的金錢。

（維塞陛下到底有何打算。那位新國王不是常理能夠衡量的人物，應該能想出辦法解決。）

離宮位於稍微遠離王宮的地方，大約是坐馬車五分鐘的距離。

約阿希姆陛下身後，還跟著兩名貼身的護衛騎士。

一切就發生在到達離宮的時候。

「約阿希姆陛下駕到。」

在賽巴斯汀說出此話同時，傳來了小孩們可愛的歌聲。

普世歡騰，讚美救主。

他的慈愛，他的包容，諸天共頌揚。

如神一般的人啊，為聖人獻上祝福。

聽啊，天使高聲唱，榮耀歸於救主。

身穿同樣白色衣服的小孩們，井然有序地用可愛的聲音歌唱。歌聲整齊劃一優美動人，相信是幾經練習的成果。

約阿希姆陛下見狀，嚇得目瞪口呆。

「我們孤兒院所有人員，感謝您的善款。」

較為年長的小孩低頭喊道。

「「「「「感謝您!!」」」」」

所有孩子們一同附和。在場大概有二十個小孩，年齡從十五歲左右到嬰兒都有。

「陛下，非常感謝您。這是給您的禮物。」

他所謂的禮物是野草編成的花束。

儘管約阿希姆陛下摸不著頭緒，還是接過手上的花束。

「這些是我們一起採的。我們希望能向溫柔的陛下回禮。」

一位楚楚可憐的女孩，獻上一個塞滿藍莓、樹莓還有橘子等水果的籃子。

「陛下果真有著一副和善親人的尊容，就跟大家想像的一樣。非常榮幸能見到您。」

「我雖然沒有爸爸，但陛下就像是我爸爸一般。」

「約阿希姆陛下其實是神對吧？是不是神化作人形降於世間？」

「所謂的聖人，肯定就是指陛下這樣的人。」

小孩們用著憧憬愛慕的眼神讚美著，甚至還有女孩高興得哭出來。

「叔叔人好好，喜歡你。」

三歲左右的幼兒跌跌撞撞地走向前，抱住約阿希姆陛下的下肢。

約阿希姆陛下雖瞠目結舌，嘴角卻微微上揚難掩愉悅之情。

「這究竟是怎麼回事？」

「這些都是孤兒院的孩子啊，王兄你說是吧。」

「約阿希姆陛下實在太偉大了。竟然用『償還十六年前借款』這樣的理由，援助我國的孤兒院。」

維塞和蘿絲公主兩人站在兒童身後一搭一唱的。

約阿希姆陛下則是一臉五味雜陳。

「孩子們說什麼都想親自向約阿希姆陛下道謝，我們才特地安排了這齣節目。」

蘿絲公主溫柔地微笑說著。

「援助他國孤兒院這種事，可不是凡人能夠做到的事。能夠認識約阿希姆陛下這樣的善人，我感到十分榮幸。」

維塞一邊奉承，邊向賽巴斯汀使了個眼色，叫他一同配合。

原來這就是新國王的計畫，賽巴斯汀大大地點了個頭稱讚道：

「您說得實在對極了，約阿希姆陛下真是位博施濟眾的國王。」

「不、不過……那些錢……」

約阿希姆國王露出困惑的神情。因為被文件詐欺騙走的金額，哪怕是蓋十棟孤兒院都綽綽有餘。

蘿絲公主屈膝獻上王族禮。

「約阿希姆陛下，我代表海德堡王國向您道謝。正如同孩子們說的一樣，陛下是如神般的聖人。」

蘿絲公主用那圓潤動人的雙眸看著約阿希姆陛下。

就連賽巴斯汀都不禁為之怦然心動。心想我國的始祖慈愛女神歐墨尼得斯，肯定也是如蘿絲公主般美麗。

「沒、沒、沒錯，那筆錢是我捐的。誰叫我是如神般和藹的國王。哇哈哈哈。」

約阿希姆陛下擺出架子放聲大笑，不過臉色依然難看，聲調也略顯尷尬。

這些可愛又有禮貌的白衣小孩，一個個向約阿希姆陛下獻上仰慕之意，甚至有孩子抱住陛下的腿用臉頰磨蹭。陛下也回應了這些孩子，又是摸摸少女的頭，又是溫柔地抱起嬰兒。

接著維塞說道：「約阿希姆陛下。巫女們想為陛下獻上舞蹈祝你福壽康寧。能否勞駕你到大廳嗎？」

「哦哦。在葬禮時看到的葬送舞確實是精采絕倫。她們願意為我跳舞嗎？」

「是的，這次跳的是獻給女神歐墨尼得斯的罕見舞蹈。」

「那真是太棒了，感覺真的可以延年益壽啊。」

「那麼就由我來為陛下帶路吧，請往這走。」

蘿絲公主端莊優雅地走在約阿希姆陛下前為他帶路。

就在約阿希姆陛下走出房間的下一秒。

「大家辛苦啦──演得非常棒喔──」

維塞鼓掌叫好。

整齊有序地站好的孩子們也隨之發出歡聲。

現場的氣氛一瞬間弛緩下來。

「來，這些是報酬。大家拿去分吧，我全都換成銅幣了。另外這邊有餅乾糖果跟甜塔，都是王宮廚師親手做的，非常好吃喔——」

「好耶，有這麼多。趕快拿回去分給馬戲團的大家。」

現場只有賽巴斯汀一臉茫然。

「演戲？馬戲團？他們不是孤兒嗎？」

「我是演員——」

「我是舞者。」

「我是歌手。」

「這些孩子們都是馬戲團的演員，也真的都是孤兒。平時都靠演戲唱歌跳舞來賺取報酬。」

「怪不得歌唱這麼好聽。」

蘿絲公主回到房間。

「我帶約阿希姆陛下到中庭了。他正目不轉睛地看著巫女舞。」

「謝謝妳，蘿絲公主。他沒趁機偷牽妳的手吧。」

「沒問題。他還沒有膽量在巫女面前做如此不檢點的行為。」

「誰叫他是世界第一溫柔，如神一般的國王陛下呢。」

「呵呵。」

蘿絲公主開心地笑了出來。這好像是第一次看到她笑得如此自然。

「我已經在後門準備好馬車了，你們就先回去吧。」

「我們想等姊姊們表演完再一起回去。」

「這可不行，這樣巫女們的身分會穿幫。等表演結束，我會派其他馬車送她們回馬戲團。」

「好的，那我們先走了。感謝您給我們工作機會。維塞先生，雖然國王的政務一定很繁忙，但有空還要來看我們表演喔。」

「當然，有空一定去。」

「「「「「非常感謝!!」」」」」

孩子們禮貌地道謝後，便紛紛走出房間。

「維塞大人，莫非連巫女們也是……」

「是啊，是馬戲團的舞者。」

「原來如此，維塞大人這招實在高明。」

就算是國王，也不能因私心指使侍奉神明的巫女跳舞。

「這叫做孤兒院詐欺。其他還有颱風詐欺、火災詐欺、水災詐欺、戰災詐欺等等。畢竟只要有看似可憐的人在募款，大家都會樂意掏出錢來。叫小孩來阿諛奉承對方也是詐欺的慣用手段。當被人不斷誇讚時最好提高警覺，賽巴斯汀也要記得啊。」

「是，在下必定會留意。」

「所以都是騙局嗎？」

蘿絲冷冷地問了一句，使得現場氣氛一口氣變糟。剛才明明還一臉和藹的模樣。

「孤兒院當然還是會蓋。不過最理想的，是創造沒有孤兒的世界。我之前做工匠時，就算看到行乞的孤兒，也只能做到施捨而已。不過，我現在成為國王了。雖然一開始不知所措，當賽巴斯汀說國王等同於法律和權力時，我就下定決心了。我要行使法律和權力，讓所有國民能夠幸福生活。」

邋遢地坐在沙發上的維塞大人，用著有如訓誡自己的口吻說出這段話。

這名青年，確實是不簡單的人物。絲毫不讓人覺得他在口出狂言，甚至令人心生期待，這位新國王也許真的能做到。

「竟然是聽了在下的話才下定決心，在下深感榮幸。」

「賽巴斯汀，助我一臂之力。我還只是個無知的小毛頭。我需要賽巴斯汀的力量。」

維塞大人的態度非常誠懇，從他琥珀色的瞳孔能看出強烈的意志。一股暖流湧上心頭，令人差點熱淚盈眶。

（這份感情究竟是什麼？）

（我被他打動了嗎？這位新國王實在是很懂得收買人心啊，是個值得我侍奉的人物。）

「這是當然的。維塞大人您，確實是個適合成為我國君主的人物……」

「畢竟海德堡王國是詐騙國家嘛。」

「您說得正是。」

2令人目眩的夢想

蘿絲將手肘靠在窗邊，手掌撐著下巴看著月亮。

（就連那個時候，月亮也是那麼美麗。簡直就像在諷諷當時的我。）

蘿絲回想起自己還是乞丐時，每天無依無靠地忍受飢餓和風寒。而當時看見的月亮，閃耀著蜂蜜般的光輝。

——最理想的狀態，是創造沒有孤兒的世界。

——我要行使法律和權力，讓所有國民能夠幸福生活。

（真的能夠做到嗎？創造沒有孤兒的世界。）

（若是能做到就好了。沒有小孩會餓死，百姓也能安居樂業。）

（不對，不可能做到。王兄是個只懂得虛張聲勢的男人。就算懂得欺騙他人，也無法為國家帶來繁榮，更不可能讓大家幸福。）

蘿絲偶然瞥見，兄長房間的窗戶亮著燈光。

現在早已是深夜，王宮也悄然無聲。

（王兄還醒著？）

正當我在意得踏出房門時，賽巴斯汀剛好走出兄長房間。

「這麼晚了你們在做什麼？」

「在下在為維塞大人上國際情勢的課程。」

「兄長沒有嫌棄嗎？」

這麼晚了還學習一點都不像是兄長會做的事。我還以為他最討厭默默努力，凡事都靠虛張聲勢解決。

「是維塞大人這麼要求的。他非常有天分，甚至讓人覺得聞一知十這個詞，就是為他而生的。」

「哎呀，他明明是庶民出身，真令人意外……」

「維塞大人的父親是在下的同輩。雖是庶民出身，卻通過了官吏錄用考試，是個優秀幹練的男人。他的工作量甚至有在下的兩倍。若維塞大人的父親現在還是宮廷官吏，文官長肯定會由他擔任。聽說他在鎮上開了間私塾，維塞大人的知識也是向他學來的。」

「是這樣嗎？」

真叫人意外，我還以為維塞的父親，是個誆騙不諳世事的埃莉諾公主的渣男。

蘿絲腦中如此想著卻沒有說。誹謗他人的話絕不能輕易說出口，這是她在王宮生活所學會的處身之道。

「我國能夠擁有如維塞大人這樣聰慧的國王陛下實在是大幸。相信我國的未來也是一片美好……蘿絲公主，祝您晚安。」

「晚安。」

（想不到他能讓賽巴斯汀讚不絕口。）

自從祖父臥病在床，賽巴斯汀就成為實質上動員國家的人了。他雖然不善應對特殊狀況，不過是個堅實能幹且實務經驗豐富的官吏。能得到賽巴斯汀的認同，表示兄長並不是個只會出張嘴巴的人。

因為實在是無心回房，我便走到兄長房門口。從房間裡傳來了沙沙聲。那是翻書還有使用計算尺的聲音。倏然之間，聲音停頓下來。

我敲了敲兄長房間的門。

「王兄。」

沒有任何回應。

不過從門縫能依稀看到亮光。

門輕輕一推便打開了。

而兄長，趴在工作桌上睡著了。

「王兄，點著油燈睡著，可是會發生火災喔。」

桌上擺滿帳簿和計算尺，甚至還有十年前的文件。

「啊，我睡著了嗎？謝謝。」

「莫非您每晚都在辦公？」

「這比較接近學習。畢竟我對這國家一無所知。既然當上國王，就得先從理解國家開始做起。」

「為何我國會變得入不敷出呢？」

蘿絲詢問了她最想知道的事。

「因為陛下……前國王他生病了。」

「怎麼會？我國不是還有許多優秀的文官嗎，他們到底都在做什麼？」

「我們把錢借給了這個大陸上的其他國家，最後被倒債了。陛下生病使得判斷力降低，而文官們從他曖昧不清的對答中判斷他下達許可，便把錢借了出去。被倒債的金額，差不多是一整年的國家預算。我國被兩大國包圍與外界隔絕，怎麼可能知道外國在盤算些什麼。」

怪不得我向賽巴斯汀詢問這件事，他也不願意告訴我原因。

「要解決現狀必須得改變我國的根基。」

「那你打算要如何改變。」

「首先要消除與外界的隔絕。然後向全大陸推廣觀光。我國有許多歷史悠久的神殿，正好信奉歐墨尼得斯女神的信徒非常多。想要參拜神殿的人們，應該會想來我國旅行，因此還得準備觀光客住的旅店。」

「說起來王兄原本是工匠呢。」

這聽起來就要花上不少錢，他打算從哪弄來這筆資金呢？

「是啊，我主要是做土木建築的，文官方面會由賽巴斯汀負責交涉。再過一個月就是我的即位儀式了，得在那之前設法處理好。」

「連賽巴斯汀也願意幫忙嗎？王兄真是太厲害了。」

蘿絲的語氣非常冰冷。

內心的各種情緒好像隨時都會爆發出來。

兄長他有著純正的王族血統，不論努力還是能力都勝過蘿絲，現在甚至比她有人望。

（太過分了……那麼我至今的努力到底算些什麼？）

（我到底是為了什麼才待在王宮？）

「哪像我，就算不在也沒差……」

蘿絲說完立即用雙手摀住嘴。

（實在難以置信，我竟然說出口了。）

好像隨時就要哭出來了。

不過我說什麼都不想哭給眼前這個男人看。

蘿絲決定轉身離開。

「先別走。」

兄長握住了蘿絲的手。

「我不知道妳為什麼會生氣。不過只有這句話我得說清楚，蘿絲公主妳對我國而言是必要的存在。」

蘿絲背對著兄長，停下腳步。

「約阿希姆陛下那次也是，是因為妳請求才簽名的不是嗎？」

「那不過是因為他喝醉了。」

「不對，因為是蘿絲公主請求，他才會答應簽名，換作是我絕對做不到。蘿絲公主有著高貴的個人魅力，我則沒有像妳這樣的氣場，才只能賣弄小聰明耍手段。正因為是妳的要求，大家才會產生非做不可的想法。那是妳憑藉努力所得到的，身為王族的才能。」

兄長的一字一句，都流進了我的心頭。

「沒錯，我可是公主。就如同女神一般，美麗又充滿慈愛！」

「哈哈哈，妳說得對。」

兄長從身後抱住我。

下巴靠在我的頭上，雙手環住腹部，將我緊緊擁抱。

「我最討厭王兄了！」

蘿絲將手與兄長的手重疊握住，似是傾訴著「不要放開我」。

沒想到被兄長從身後抱住會是如此地自在，令人感到溫暖又安心，也許是因為他的胸膛跟手臂非常結實也說不定。

3要做，也可以喔

維塞現在感到心頭小鹿亂撞。本來只是想安慰哭泣的妹妹才抱住她，但一聞到蘿絲公主身上甜美的香氣，分身便瞬間脹大起來。

「唔……」

之前手交和口淫時的快感又再次變得鮮明。

蘿絲公主顫了一下。

本想解開擁抱，但她卻像是不願讓我鬆開似地緊握住我的手。

「你……」

「差勁！討厭！」我心裡做好被她如此譴責的準備，而蘿絲公主卻用低啞的聲音說：

「你想摸的話……也可以喔……」

「咦？什麼？」

「我說，你想摸的話，也是可以！」

「妳不是討厭我嗎？」

「沒錯，最討厭了！不過，如、如果是王兄的話……那個，想……也是可以。」

妹妹用小到聽不見的音量說出了做愛兩字。

實在是出乎我意料之外。

「因為王兄，是、是特別的。」

「妳這句話聽起來，怎麼想都是在說最喜歡我啊。」

「是特別討厭你!!王兄什麼的，最、最討厭了……」

雖然嘴上不饒人，但蘿絲卻嬌弱地扭動屁股，並發出了喘息聲。勃起的肉棒，被柔軟又富有彈性的臀肉夾住左右磨蹭著，即使隔著衣服布料使得刺激變微弱依然十分舒服。

環著妹妹腹部的手慢慢往上摸，碰到乳房時蘿絲便發出「啊嗯♡」的甜美叫聲。

我握住她的手腕，如同跳華爾滋般讓她轉過身子。

「呀啊……」

蘿絲公主的纖細身體，倒在維塞的胸膛裡。

我將她緊緊抱住並親吻她。

兩人嘴唇輕輕相觸，我本來猶豫要不要將舌頭伸進去，不過蘿絲似乎緊張得咬緊雙唇屏住呼吸。

於是我用舌尖舔弄她的牙齒，妹妹才不禁張開嘴巴。

我見狀立即將舌頭伸入，並纏到妹妹的舌頭上。

蘿絲公主用她琥珀色的瞳孔，往上望著維塞，最後慢慢地閉上雙眼，而她粉紅色的修長睫毛也在楚楚動人的臉龐打下陰影。

「嗯……咕啾♡……啾……咧嚕、咧嚕咧嚕♡……」

只要輕吸她的舌尖，她便會微微顫抖這點尤其可愛。

兩人鬆開彼此的脣後，我繼續搓揉她的臀肉，只見她的嘴像隻缺氧的魚反覆開合。

「我還以為要死掉了。」

即使抱怨還是抬頭望著我這點也相當惹人憐愛。

「妳討厭我嗎？」

蘿絲回答：

「也許是喜歡，我不知道……」

若是討厭的男人，光是手被他握住就令人作嘔，不過和兄長接吻非常舒服，好像身體整個整個酥軟地融化一樣。

「我好開心！」

兄長一口氣將我抱起，我就這麼被公主抱送到床上。

（王兄他，原來力氣這麼大。）

兄長有著王族特有的琥珀色瞳孔，貴族般的端正樣貌，精悍結實的身軀，不只頭腦轉得快，還很有膽識。如果是這個男人，將自己的一切都交給他也沒關係。我每晚都思念著兄長手淫，就連沾染兄長精液的手帕，也被我吸吮得沒有味道了。

「那個……真的可以嗎？」

「我就說可以了♡！你只管快點做就好!!」

（不行，這種說話方式，會被討厭的。過去我用盡了各種努力，就為了讓國民喜歡上我，為什麼在兄長面前就會展露真實的一面？為什麼無法維持演技？）

我已經搞不清楚了。

兄長笑著說道：「哈哈哈，蘿絲公主原來這麼可愛啊。」

（王兄的笑臉，原來這麼可愛。）

蘿絲用她朦朧的思緒想著，兄長雖然外型皮膚黝黑且精悍，不過笑起來蘊藏著強烈光輝的瞳孔便會變得細如絲，就像是個稚氣未脫的孩童。

「叫我蘿絲♡」

「蘿絲。」

兄長撲倒在我身上，再次向我索吻。

兩人的吻甜蜜到令人酥軟，蘿絲這次積極地動起舌頭，就如同吸著沾染兄長精液的手帕自慰那樣，吸吮著他的舌頭。

「嗚啊。」

維塞發出一聲喘息。

（太厲害了，為什麼光是接吻就如此舒服。）

兩人持續著舌頭互相纏綿，任唾液在口中交織的深吻。娼婦討厭接吻，所以這對維塞也是第一次的經驗。

「啾……咧嚕♡……啾噗♡……啾嚕♡……咕啾……嗯……嗯嗯……♡」

妹妹一吸住我的舌尖，一股令人酥麻的快感便竄過全身，舒服到簡直都忘了要呼吸。

嘴唇一分開，便留下一條聯繫二人，轉眼即逝的銀絲。

我掀起純白晚袍的下襬，露出被胸罩包覆住的胸部，豐滿的乳房看起來被罩杯拘束得很不自在。

我將手繞到背後解開胸罩的鉤子，將胸罩往上拉至鎖骨。

「好大啊……」

比起穿禮服的時候，半裸的現在看起來更大了，這說不定比哈密瓜還要大。真虧妳能把這種尺寸的胸部擠入罩杯中。純白的豐碩果實中央，有一輪憐人的乳暈和小巧堅挺的乳頭。

「無禮之徒！」

妹妹用充滿威嚴的眼神瞪住我，嚇得我心驚膽跳。

「嗚哇，對、對不起！我不是瞧不起妳，只是，這麼大的胸部，真的非常有魅力……」

「哼、哼哼……你以為這樣講我就會高興嗎？♡」

然而蘿絲的嘴角，看起來開心得微微上揚。

（我的天啊，這傢伙怎麼能如此可愛。）

原來她也是個普通的女生。被稱讚就會高興，被小覷就會鬧彆扭，雖然不率直、愛生氣又會瞪人，但只是個隨處可見的女生。

（好想讓她產生快感，好想讓她說出舒服，好想讓她喜歡上我。）

維塞吸著右邊奶頭，一邊搓弄左乳房。胸部的觸感比想像中還要緊實有彈性，手指一揉便會回彈，娼婦的乳房雖軟卻沒這種彈性。

軟綿綿的奶頭，一舔便充血脹大了。

「舒服嗎？」

「人家才不知道！」

不知道又是哪裡惹她生氣了，妹妹冷淡地將頭別過，可是臉頰卻羞得染成一片粉紅。一看這態度就知道，她只是賭氣不肯說出實話。

（太舒服了，比自己摸還要來得更加舒服。）

被兄長粗壯長繭的大手搓揉胸部，便有一陣甘美的戰慄流遍全身，好像身體要融化了一樣。乳房明明很敏感，自己有時都會不小心弄痛，可是現在卻只覺得舒服。用舌頭舔弄奶頭的感覺，也舒服到令人興奮不已。

「啊啊……♡」

一聽見我脫口而出的聲音，兄長便不懷好意地笑了出來。

看起來像個頑童，有點討喜。

「很舒服對吧？」

「才沒這回事！」

「我來讓妳更有感覺吧。」

說完便用力搓揉乳房，並不停吸著奶頭，令我身體不禁顫抖。

每當他交互著吸吮左右乳房，沙沙的鬍碴便刮過身體，使感覺產生了不同的調劑。

「嗯……♡哈啊……哈啊♡……啊、啊啊♡不行……」

蘿絲感到焦躁難忍，過大的胸部看起來太過低俗，平時才會用胸罩緊緊封住，這對只覺礙事的乳房，兄長卻像是當作寶物一樣玩賞。

她雙手抱住兄長的後腦杓強忍快感，手臂被頭髮刺到的觸感對她而言也是相當奇妙。

「嗯、嗯嗯……哈……哈啊、好棒♡好舒服……啊啊♡」

身體越來越熱。

每當兄長吸住奶頭的瞬間，身體便酥麻得直打哆嗦。

「嗯嗯♡嗯嗯嗯……啊啊！」

蘿絲愉悅得不斷痙攣。

腦中也變得一片空白。

「咦？等等？蘿絲？」

維塞整個慌了，他不過就吸吮奶頭跟玩弄胸部而已。

竟然會為這種程度的前戲高潮，實在是太敏感了。而且和娼婦的演技截然不同，這種青澀的反應令人更加興奮。

（她這還是第一次，若是多教她各種做法，說不定能培養成我理想中的情人。）

蘿絲用迷濛的神情望著維塞，她並不是完全失神，只是舒服得腦袋無法思考。

「那個……我能，脫掉內褲嗎？」

蘿絲點了點頭，她真的知道我在說什麼嗎？

（真的可以嗎？不過看她也不排斥，應該可以吧。）

我將晚袍裙襬掀起，把繫在腰際的內褲脫下，裸露出長在維納斯之丘上的桃色陰毛以及陰脣。

「嗚～」

內褲的內側，沾染上帶有瑞可塔般酸甜香氣的淫液。蘿絲回過神來，開始亂踢亂蹬。

「呀啊、不要不要，好羞人……」

妹妹的膝蓋，正中了維塞的腹部。

「咕噁！」

被近距離硬生生吃上這麼一記，害我差點暈厥過去。

「呀啊！王兄，你沒事吧!?」

「沒、沒事，誰叫我是哥哥呢，哈哈哈。」

總算是成功趁亂將她的內褲脫下，妹妹用手壓住晚袍下襬遮住股間，然而恥丘的形狀依然鮮明可見。

陰毛是粉紅色，隆起的大陰脣依稀透出衣服，緊緊閉住的穴口形狀清純可愛，隙縫上方還能窺見被帽子包覆住的陰蒂。

「好羞恥……」

妹妹羞得用雙手遮住自己的臉。

（嗚哇，好可愛。實在太可愛了～）

我抓住她的腳踝將雙腿撐開。

「呀啊!!」

我用手指撐開大陰脣，蜜液便從中不斷流出，從桃色的黏膜中央，可窺見布滿皺褶的小穴，在正上方的小孔，大概就是尿道口吧。

「溼了呢。」

蘿絲因過度羞恥而發出悲鳴。

「不、不要不要～好丟臉～」

「太好了。」

「咦？」

「能讓蘿絲感到高興讓我好開心，我想和妳一起享受。畢竟我們兄妹只剩下彼此了。」

「……說得也是呢。」

兄長壓著我的大腿，朝著陰蒂呼了一口氣。

接著朝私處舔去，令我不由自主叫出聲來。

「欸欸欸——呀啊……呀——」

我忍不住將大腿閉緊，卻不小心夾到兄長的頭，於是急忙再將腿張開，這模樣簡直就像催促他繼續舔下去。

「滋嚕、咧嚕、咧嚕咧嚕～」

舌尖溼溼熱熱的，還有一些粗粗的顆粒，感覺又硬又軟的，舔起來的快感令人難以置信，比自己撫弄還要舒服多了。

口交的快感、羞恥和混亂，一口氣襲捲而來。

「嗯、哈啊……哈啊……啊啊……怎、怎麼會♡」

（好舒服，為什麼如此舒服。）

玩弄胸部什麼的根本無法相比，身體深處一點一滴融化變作甘美的液體湧出。

兄長硬是撥開陰唇，讓小縫裸露出來，接著像是要吸乾蜜液似地不斷蠕動舌頭。

「哈啊、啊啊……嗯嗯♡……王兄、王兄!!」

粗粗的舌尖舔到黏膜的清晰快感，使得大腿痙攣不止。

「嗯……不行、好舒服♡……啊……」

（蘿絲終於說出舒服了！之前明明用看著垃圾的眼神瞪我。）

維塞嘴角不禁上揚。

並進一步戲弄妹妹。

「妳剛才，說了什麼呀——？」

「我什麼都沒說！」

「那我乾脆停下好了——」

「……欸……這、這個……我最討厭王兄了!!」

蘿絲的陰蒂整個勃起，小穴也流滿蜜液，雙腿大大地張開，腰部則飢渴得扭來扭去。

（這孩子，真的是徹頭徹尾的公主啊。）

維塞見此狀欣喜若狂，再次以脣捕捉住陰蒂，啾啾地吸了起來。

「啊啊啊啊——!!不行、太棒了♡好舒……服……嗚♡……」

蘿絲劇烈地顫抖身體，然後身體猶如失去力氣一般，雙腿張開著癱倒在床。

這跟娼婦截然不同的反應讓維塞感到新鮮。

（這位公主，身體實在是太敏感了。）

維塞掏出分身，整個人撲到妹妹身上，男根已經完全直挺起來，尿道口也興奮得湧出透明汁液。

他將腰靠在蘿絲的大腿之間，用龜頭抵著私密處。

蘿絲則配合他扭腰，將穴口的位置蹭向龜頭。

（她是為了方便我插入才這樣做嗎……？）

「快、快一點♡還沒好嗎？」

（嗚哇，竟然在催促我了。）

（這應該表示她答應了，不是我會錯意吧。）

於是我把手放在妹妹的腰際，重心一口氣向前，將身體覆蓋在她身上。

嚕噗。

龜頭傘處卡在外型如甜甜圈般的微硬環狀黏膜上，沒辦法再前進分毫，又緊又窄的，甚至讓肉莖感到疼痛。

「好痛！討厭!!你好差勁!!」

「要停嗎？」

「快點♡要我說多少次!?」

淚眼汪汪的琥珀色雙眸，直瞪著維塞。

（這女孩，自尊心真強啊，不愧是位公主。）

「知道了。」

維塞用力將腰挺進。

噗嘰。

處女膜應聲破裂，肉棒一口氣滑入深處。

「好痛！」

「對不起。」

我將背部弓起窺視結合處。

看到鮮血從該處不停流出，使得內心感到一股熱意。

（原來她，真的是處女啊。）

穴內不僅熱又硬，還非常狹窄，不像娼婦那種被包覆住的感覺。穴內一條條的皺褶不斷蠕動，似是要將維塞的肉棒推出去。

「會痛嗎？」

妹妹沒有回答，看她咬緊牙根忍耐的模樣，就知道是嘴硬不肯喊疼。

穴內緊緊壓迫著我的分身，光是靜著不動就會被推擠出去。於是我繼續向深處挺進，用龜頭的傘處將穴內撐開，此時蘿絲開始放聲哭泣，用全身抗拒剛才的行為。

「好痛……好痛……」

（看得連我也開始痛起來了。）

（這該怎麼辦才好？）

維塞開始搔起妹妹的腋下。

「呀啊！你、你到底、在做什麼!?」

穴壓突然緩和了。

我趁隙開始緩緩地扭腰，頓時穴內傳出了咕啾的水聲。

「我想和妳……嗚、一起、享受……因為我，喜歡蘿絲……」

「這樣啊……我也是，喜歡……王兄♡甚至還思念著王兄♡……了。」

妹妹小聲說出自慰兩字。

「不是吧!?」

「呀啊，我、我、到底說了些什麼呀!?剛才那是假的！騙你的！不是真的！」

蘿絲慌張地否定。

（什麼嘛，結果這傢伙竟然喜歡我，剛才只是在遮羞啊。）

「我也喜歡妳！」

「哼♡哼哼♡快、一點♡繼續、動啊！這真的很痛……♡」

維塞抬起她的大腿，開始卯足全力前後抽送。

想讓處女產生快感實在是強人所難，所以他本想趕快射精完事。

「嗯……哈啊♡……嗯嗯……哈啊、哈、哈♡……嗚～」

才剛破瓜的肉穴非常緊實，皺褶如顆粒的觸感也十分鮮明。

王宮的床做工細膩，幾乎不會發出嘎吱聲。取而代之的，是蘿絲苦悶的喘息，以及黏膜發出的水聲，尤其是扭腰時碰撞的肉聲，聽起來格外清晰。

「嗚♡……嗚～……啊啊。好痛……咿啊……」

看著蘿絲疼痛的表情，連維塞也好像痛了起來，他盯著眼前不斷搖晃的豐碩果實，並握住妹妹柔弱無力的雙手。

就在這時，蘿絲的反應產生改變。

「啊、啊啊……好棒、好舒服♡♡♡！」

「欸、咦？幹、幹麼？妳怎麼了!?」

本來如同要把異物推出的穴內皺褶，開始像是將肉棒吸入般蠕動。

妹妹的雙腳，也緊緊扣住維塞的背部不放。

「妳、妳沒事吧，不會痛嗎？」

「好舒服～♡」

穴內嘟噗地湧出子宮頸黏液。

「嗚哦！」

「啊啊！啊啊、好有感覺!!好棒♡♡好舒服～」

看著蘿絲充滿快感的神情，維塞開心得腦中一片空白，身體也熱得發燙。

於是更加快速抽送。

精液慢慢地湧上男根，隨時都要爆發出來。

柔軟熾熱的皺褶，緊緊纏住肉莖不肯放開。子宮頸硬硬的部分，被龜頭磨蹭的瞬間，又噴出了更多子宮頸黏液。

「要去了——」

蘿絲兩手緊握，發出陣陣哆嗦。

肉穴瞬間用力壓迫，像是要把肉棒抓牢搾乾。

嘟噗！

射精了。

一切都太過突然，我以為自己還遊刃有餘。

糟糕，得趕快拔出來。

但是，蘿絲用腳扣住我的腰，讓我無法射在外面。

射精的瞬間，產生了有如騰空飛行後，再一口氣墜入地面的快感，叫人無暇思考。

咕嘟咕嘟！

咻嚕嚕、嘟咻!!

經過一段不知是長是短的時間。

射精總算停息。

蘿絲身體因痙攣而動彈不得，四肢也使不上力。

我將肉棒拔出。

妹妹才如同洩了氣似地癱倒在床上。

白色晚袍的領口被解開，乳房整個裸露出來，衣服下襬被掀至腹部，私密處也一覽無遺。精液從拔起肉栓的肉穴中逆流出來，和破瓜時的出血混成粉紅色，看起來令人不忍。

當我整理好儀容時，正好見到蘿絲急忙起床。她將衣領和裙襬整理好，穿上內衣並用手將頭髮撫順。

「妳還好吧？」

我因擔心而伸出的手，被妹妹拍開來。

「能請你不要碰我嗎？」

她依然用看著穢物的眼神怒視我。

我國的公主大人，似乎沒那麼容易就展露嬌羞的一面。

她搖搖晃晃地轉身離開維塞房間。

「要我送妳嗎？」

「不必了，這裡是我家。」

「說得也對。」

維塞開懷大笑，即使蘿絲走出房間也繼續笑個不停。

第三章 以乳淫和騎乘位侍奉激勵

1真正的領袖魅力

明克斯王國的腓特烈陛下，對我的提案感到匪夷所思。

「無償贈與資金？而不是借貸？」

我現在正在明克斯王國腓特烈陛下的寢室，陛下就坐在我正對面的位置，蘿絲則坐在我身旁，而桌上放了等同於十萬第納爾的證券金幣。

「對，正是如此。貴國因修橋和整備街道所提出的金額十萬第納爾，不是用借貸，而是無償贈與貴國。」

腓特烈大帝一臉狐疑地皺起眉頭，心想天底下哪有這麼好的事。

在葬禮時稍微交談過我就發現了，這男人非常聰明。

和列支敦王國的約阿希姆陛下完全不是一個級別。

「王兄的意思是，貴國不需要償還這筆資金。」

坐在我身旁的妹妹附和道。

「這對我國而言當然是普降甘霖，不過能否先讓我聽聽貴國真正的要求，你們大老遠跑來我國，應該是有其他目的吧。」

腓特烈國王陛下斬釘截鐵地提出疑問。

坐在身旁的蘿絲，忐忑不安地交互看著我與陛下。

我向她使個眼神，要她放心交給我。

接著喝了一口紅茶凝神靜氣。

我決定直接攤牌，小手段對這位陛下沒有用。

「我國能夠通往大街道的只有一些山間小徑，故與外界隔絕，之所以無償提供資金，是希望貴國整備的街道，能讓我國也可以使用。」

「原來如此，這筆資金是用來代替通行稅。難不成你們打算輸出小麥嗎？馬車頻繁通行容易發生事故，道路也容易損壞，相較之下十萬第納爾實在太便宜了。」

「不，我國領土狹小，並沒有多到能拿來輸出的產量。」

「那為什麼要用街道？」

「我國有祭祀歐墨尼得斯女神的教會。我希望這片大陸的人們，能透過這些街道來到我國參拜，享受美食和溫泉。」

海德堡王國，是慈愛女神歐墨尼得斯降臨這片大陸的奇蹟之地，海德堡王族也因此被稱為女神的後代。

我們這裡風光明媚又有美食，還有溫泉娼館馬戲團。

「你想招攬觀光客是嗎？」

「正是如此，觀光客通行貴國道路時，肯定也會去周邊的餐廳和旅店用餐住宿，說不定還會買土產。會參拜教會的都是善男信女，相信也不會敗壞治安。」

腓特烈陛下陷入沉思。

在腦中將十萬第納爾的無償援助、觀光客的消費、治安惡化、通行稅、道路與橋梁的維修費等等，放在天秤上衡量。

治理國家就跟經營工坊一樣。

正如工坊由工頭決定方針，國家經營也是上情下達。

只要腓特烈陛下點頭，這個作戰就算是成功了。

因為國王決定的事，文官也無從反駁。

當進行將我國改造為觀光國家的圓桌會議時，文官們聽了雖瞠目結舌，但賽巴斯汀一說出「此乃維塞陛下的決斷」時，文官們便開始討論如何實現這個計畫。

雖然多虧有賽巴斯汀事前先打點好，不過我再次認知到國王的決定有多麼重大。

相反來說，只要腓特烈陛下拒絕了，這個計畫便功虧一簣。

「腓特烈陛下，麻煩請您讓旁人退下。」

妹妹如此要求。

怎麼了？為何一臉凝重？妳到底想說什麼？

腓特烈陛下露出不解的神情，並給女僕使了個眼色。

女僕便行禮離開房間。

「還請您不要聲張出去，其實我是平民。」

「蘿絲！」

我整個嚇壞了。

不過，妹妹用她琥珀色的瞳孔直視腓特烈陛下。

「我其實是個孤兒，在我五歲的時候，祖父大人……前代國王陛下收養了我，將我培育為王族，名義上我是遠親的公主，但沒有王族血統。王兄與我希望能讓我國富裕，為國民帶來幸福，避免有像我這樣的孤兒出現。為此，我們需要藉助腓特烈陛下的力量。」

從妹妹的全身，散發出充滿威嚴和決心的氣場。

實在是太耀眼了。

我都忍不住想向她跪拜。

明克斯王國腓特烈國王陛下的寢室中，陷入一片沉寂。

「使國家富強、百姓安居樂業……是我們為政者共同的大願。蘿絲・奧拉・海德堡殿下，妳是位真正的王族。好吧，畢竟這對我國也是相當有利的交易。」

腓特烈陛下站起，向妹妹伸出手。

妹妹也微笑起身，與陛下握手。

我則被兩人所震撼，在旁呆坐看著。

能與陛下握手是只有王族才被允許的行為，陛下應該是想說他們立場是對等的吧。

此時妹妹露出了燦爛的微笑。

「那麼腓特烈陛下，王兄的即位儀式在一個月後，能請您在那之前將街道整備完畢嗎？」

「蘿絲，不要強人所難！」

「王兄請閉上嘴，陛下可是非常優秀的君主。王兄你可能做不到，不過陛下絕對可以。」

被妹妹用那圓潤的大眼盯著，就連腓特烈陛下也露出害臊的表情笑道：「當然沒問題！交給我吧！」

太強了，竟然能讓對方吞下這種要求。

我還以為蘿絲只是位溫柔且神聖的美麗公主。沒想到這可愛的妹妹還是個談判專家。

庶民出身卻成為王族，這樣的妹妹想在王宮生活，才學會這樣的處世之道也說不定。只要是蘿絲開口，大家都會覺得必須聽她的話。

接著陛下轉向我說：

「不過呢，維塞大人，請容我冒昧提出意見。就算街道和橋梁修繕完畢，貴國若沒做好迎接觀光客的準備，只會招致混亂而已。你得先預估會有多少人潮湧進，並準備好相對應的旅店和餐廳。另外沒有補助款的話，庶民可是不會有所行動。」

結果還是錢的問題啊——

關於觀光客的試算，賽巴斯汀與文官們已經著手進行了。

問題在於我國還沒做好迎接人潮的準備，從列支敦王國那敲詐的錢，也幾乎都化作送給腓特烈陛下的證券金幣了。

國庫已接近全空，就連今年的預算都毫無著落，根本沒錢提供補助。不過，我依舊一臉淡然回覆：

「是的，這個沒問題，感謝你的建議。整備道路和修補橋梁之事，就萬事拜託了。」

說完我便站起身，和陛下握手。

2 威嚴與慈愛

兩人坐在搖晃的馬車中，蘿絲就坐在兄長的正對面。

「謝謝。」

突然，兄長向我道謝。

「為什麼要道謝？」

「腓特烈陛下接受一個月將街道整備完畢的要求，這都是妳的功勞。如果陛下不開出通行許可時，我本打算拿貸款當作籌碼和他交涉。不過，還是妳的方法更加出色，做得好。」

「說交涉就是靠阿諛奉承的，不正是兄長嘛。」

「不過，真虧妳敢把那件事說出口，不是要當祕密嗎？」

「腓特烈陛下是前王的庶子。他母親是個女僕，陛下是在母親離開王宮後才出生的。我心想畢竟他體驗過市井生活，應該能對我們的理念產生共鳴。」

「妳連他國王族的經歷都記得嗎？」

「那是當然的，我國可是牆頭草國家，優秀的間諜們會將各地的情報交回中央，把他們的報告仔細閱讀記牢，是王族的義務。」

「蘿絲真厲害啊，我根本沒空看那些。自從來到王宮，我忙到連睡覺的時間都沒了，真沒想到一國之君這麼辛苦。光是看帳簿、和文官長討論、出席圓桌會議，一整天就結束了，實在令人頭疼。」

「交涉方面我會負責，王兄請專心處理政事。」

「謝謝！真是幫大忙了。」

兄長握住我的手。

此舉使得與兄長交合時的觸感再次復甦，使蘿絲的臉整片漲紅，胸口像是被緊緊揪住，身體也熱了起來。

蘿絲急忙甩開兄長的手。

「你可不要會錯意了？這不過是我身為海德堡王國公主，理所當然該盡的義務！」

蘿絲為遮掩羞臊，不禁皺起眉頭狠瞪維塞。

（不行，擺出這種態度，會被討厭的。）

為什麼我就是無法對兄長擺出笑臉呢？露出充滿慈愛的微笑，對我來說明明輕而易舉。

「哈哈哈，蘿絲真是可愛啊！」

蘿絲假裝不悅將頭別過。如果是王兄，即使蘿絲失敗了，也不會因此討厭她。

就算不小心瞪了他，也只會笑笑說這樣很可愛。這對蘿絲而言是極為開心之事。

馬車突然停下。

「蘿絲公主、維塞大人，隊伍先在此稍作歇息。請下馬車。」

護衛的女騎士向兩人報告。

「謝謝。」

兩人進入餐廳喝茶，順便小解。

畢竟剛才一直坐著馬車，蘿絲決定到外頭伸展筋骨，在她看著正在吃飼料的馬時，忽然聽見車夫聊天的聲音。

「那個新國王，連馬都不會騎嗎？」

「換作是前王，這點距離騎馬往返都不成問題。」

「誰叫他是庶民出身的。」

「聽說他是埃莉諾公主遺孤，不會是假冒的吧？」

蘿絲聽了便笑呵呵地走向車夫，護衛的女騎士也急忙跟在後頭。

「各位，今天謝謝你們。距離海德堡王城只剩下一點距離，接下來的路程也拜託各位。」

「哇啊啊，蘿絲公主！」

車夫連忙擺出恭敬的態度。

「國王的職責，並不是學會騎馬，而是使國家富裕、讓百姓安居樂業。這並不是因為我是妹妹才偏袒他，王兄是非常優秀的人物，是真正的國王。我會和王兄攜手，讓我國變得更加美好。還請各位，助我們一臂之力。」

蘿絲緩緩屈膝低頭，行了對明克斯國王腓特烈陛下都沒做過的王族禮**屈膝禮**。

從她全身散發出充滿慈愛和威嚴的氣場。

車夫和女騎士，甚至是一旁路過的人，都不禁屈膝跪拜。

「遵命。」

「一切聽從殿下的命令。」

「小的不勝榮幸，蘿絲公主。」

「謝謝大家。」

正當蘿絲回頭，想走回餐廳時，剛好和站在入口的兄長對上眼神。

剛才擁護兄長的經過全被看到了。

蘿絲羞得滿臉通紅。

兄長也害臊地笑了笑。

蘿絲揚起下巴，瞪著兄長一邊走過他身旁。

擦身而過的一瞬間，悄悄地說：

「王兄，關於補助款一事，期待你的表現。」

「當然，交給我吧。」

「讓我見識一下你的本領。」

3王國債券

在海德堡王國城鎮上，引起了一陣騷動。

「王國債券，你買了嗎？」

「我老公正要去王宮買。說是買十第納爾的債券，一年後會增值成十一第納爾！」

「一想到是王宮賣的就放心了。」

「不趕快去會被搶光喔——」

國民們手握金幣趕赴王宮，排隊進入中庭。

從中庭離開的國民，一個個神采飛揚地握著王國債券，債券由高價紙張所印刷，上頭印有象徵王族的百合紋章。

就連地方村落也是如此，村民紛紛走向村長家裡，用金幣兌換債券後心滿意足地離開。

「太驚人了……」

蘿絲站在王宮走廊窗邊，向中庭望去。

向庶民借錢這種辦法，到底有誰能想到。

眼下庶民們拿著錢來換取王國債券的模樣，簡直像在辦慶典一般，所有人都眉開眼笑的。

「這叫做互助會。」

兄長開口講道。

（哎呀？王兄到底怎麼了，臉色不是很好呢，是反光才看起來臉色差嗎？）

不過他聲音聽起來中氣十足，應該沒事吧。

「互助會是什麼？」

「想改建房子時，卻沒有錢，這時候蘿絲會怎麼辦？」

「我會放棄。」

「是自己的家喔，假設住家碰到風災水災，必須馬上修建的時候。」

「那麼，我會借錢。」

「就是這樣，但是大家都怕跟高利貸借錢。當妳想修建房子時還差五十第納爾，不過妳兩年後預定會拿到五十五第納爾，這種時候，大家就會去找互助會。向五個人各借十第納爾，兩年後再還給他十一第納爾。其他還有屋頂互助會、井口互助會、馬互助會、牛互助會之類的，想買高價的東西時，多半都會找互助會。」

「就像是我國對鄰國進行的金融借貸呢。」

「對，互助會就是民間的版本，不過因為是庶民，金額會小些。」

「而用王國債券得到的錢，將會花在準備迎接觀光客上。」

「沒錯，接著要跟民眾說明將會有大量觀光客湧入，並募集想開旅館或餐廳的人，然後提撥補助給他們，讓他們把自己家改建為旅館。」

「接下來才是真正辛苦的地方。」

「不，我們只需要提供資金而已，只有想開旅館的人才需要改建房屋，應該不會太過困難，真正忙的只有工匠跟庶民。」

「這樣也好，能為鎮上添增活力。」

「是啊，能夠促進經濟發展。」

將資料抱在胸前的賽巴斯汀，急忙跑向我們。

「維塞大人，原來您在這呀？在下有事報告，觀光客的試算表已經出來了，能勞煩您過目嗎？」

「好，我去辦公室看。」

兄長轉身，正打算起步時——

遽然手按眉心杵在原地。

看起來不太對勁。

「王兄？」

兄長像是全身洩了氣般倒下。

整個人伏倒在地，一動也不動。

「呀啊啊！你怎麼了!?王兄！」

「維塞大人！」

「我去叫醫生！」

蘿絲的悲鳴，賽巴斯汀和女僕慌張的聲音此起彼落。

剛剛才覺得王兄臉色很差，仔細一想他每天都辦公到深夜，之前沒累倒簡直不可思議。

之前還是孤兒時，身邊就常有同伴倒下後就這麼死去了。

而他們的屍體，隔天便會被收拾走。

蘿絲腦中充滿不安和恐懼。

（會死。會死掉。王兄會死掉！）

她終於忍不住心中的吶喊。

「不要啊啊！王兄，你不要死！」

蘿絲緊抱兄長哭喊著。

4 就算生長環境不同

一睜開眼，便看到了高高的天花板。

呃，這裡是哪？

怎麼想，都不是我放在工坊的床。這房間簡直如王城般氣派，那個壁龕是用什麼工法做出來的呢？屋裡的一切是如此刺激工匠的好奇心。

「王兄，太好了！你終於醒了！」

蘿絲公主用差點哭出來的表情看著我。對啊，這裡是王宮，我當上了國王。

「現在，幾點了？好暗啊。」

「現在是黎明前，距離教會鐘響大概還有兩小時左右。」

「意思是我睡了大概半天？」

「不，是兩天半。醫生說，王兄只是過度操勞而已，不過你不吃不喝的，一直陷入昏睡。偶爾會起身去解手，之後又馬上睡著。我好擔心……真是太好了，王兄。」

妹妹用指尖拭去眼淚，仔細一看她不是穿著晚袍，而是平時的禮服。

「妳一直沒睡在照顧我嗎？」

「不，我只是坐在那邊的椅子上而已，沒有負責照顧，只是正好臥在床邊睡著而已。」

原來蘿絲一直待在身邊等我起來。

哥哥感受到妳的愛了——

「啊，對了。賽巴斯汀說過，已經將補助款交給想開旅館和餐廳的民眾了，聽說進行得非常順利，今天就會告一段落。」

「是嗎，那太好了。」

「我馬上去叫女僕，要她來準備麥片。」

妹妹站起身。

「等一下。」

我抬起上半身，握住妹妹的手。

「我現在有精神了。」

還以為妹妹會羞紅著臉，然而下個瞬間卻看到她一臉嫌棄地鄙視我。

蘿絲直盯著我的下體。

原來起身時棉被也一同被掀起，褲子搭起的帳篷一覽無遺。

「確實是很有精神。」

說實話，被她用藐視的眼神看著有點興奮。

妹妹雖然瞪著我，實際上卻是喜歡我到無法自拔，才假裝生氣來遮羞罷了。

「好可愛！」

我拉著妹妹的手，並抱緊朝我倒下的她。當我蹭著她滑嫩的臉頰時，妹妹卻將我的臉推開。

「討厭。王兄，你一身汗味！鬍子也刺刺的好扎人。」

「啊，抱、抱歉。」

我趕緊鬆開抱住她的手，不過她講這麼直接實在有點傷人。

「我來幫你擦身體吧。」

「咦？欸欸欸、欸——」

「誰叫王宮裡大半夜的沒辦法洗澡。」

此時褲子慢慢下滑，我急忙按著腹部拉住褲子。

忽然一陣尿意襲來。

都睡這麼久也不意外就是了。

動。

「抱歉、我、去廁所！」

我慌慌張張地衝去廁所小解。

唉，這下子，肯定又要被她鄙視了。明明做這檔事，最看重的就是氣氛跟衝動。我順道漱完口，喝杯水後回到寢室，妹妹已經準備好弄溼的布巾等著我。

「能請你躺在床上嗎？」

「我、我自己擦就好了。」

我不禁用雙手遮住下體。

「這樣呀？我都說好要幫你擦身體了呢？」

妹妹稍微壓低聲音，用她那圓潤的眼睛盯著我。

唔嗚，好驚人的魄力。不愧是自幼被培養成公主的人。

「是，那、那拜託妳了。」

我只好乖乖聽她吩咐躺在床上，接著妹妹用她纖細的手將我的褲子脫下。

「哎呀，小小的好可愛♡!!還軟軟的。」

總覺得有點受傷。

「拜託……最好不要說這邊軟或是小之類的……」

「哎呀，真是抱歉。」

妹妹將弄溼的布巾折小，開始擦拭肉傘、肉棒、根部還有睪丸。

布巾粗糙且冰冷，反觀蘿絲的手指滑嫩又溫熱，外加她擦得非常仔細。

這不是在手交，只是擦拭身體而已。

卻產生了意料之外的快感。

「鎮上有所謂的公眾溫泉浴場，在半夜也能夠洗澡。」

「真不錯呢，真想泡溫泉啊。」

「是啊，一……」

我將差點脫口而出的「一起泡吧」給吞回去。

光憑想像就知道她肯定會生氣。

老實說我還弄不清，妹妹會因為那些發言而鄙視我。

妹妹就連肉傘的皺褶，也一一仔細擦拭。

「為什麼擦身體是從下體開始擦啊。」

「這、因為……人家就是想嘛♡」

妹妹冷淡地將頭別向另一邊。

她的臉頰略為泛紅，粉紅色的睫毛因甩頭而搖曳。

是嗎，就這麼想擦。她深深迷上我的大鵰是吧。

這樣一想，我也太厲害了吧？

「呀、好厲害，不停脹大……討厭!!好硬、好大、噁爛！討厭討厭！」

妹妹直接將我的寶貝甩開。

「嗚哇、好痛——」

「呀啊！對、對不起！那個，我不是罵王兄你。」

蘿絲再次握住男根。

心想我當然喜歡王兄，而且下面這東西又是變軟變小，忽然又脹大變硬的，非常有趣討喜。

「妳竟然還會講噁爛這種罵人的話啊。」

「我在五歲之前都過著乞討生活，會講也很正常吧？」

她邊說著，一邊握著肉棒前後套弄。

兄長流著王族之血，卻是平民出身。
蘿絲流著庶民之血，卻是王族出身。
兩人有著相反的際遇和身世。
但是有著同樣的理想，那就是希望使國家富裕、國民安居樂業。
「我喜歡蘿絲，蘿絲妳喜歡我嗎？」
「這個我之前不就說過了!?你好煩耶!!」
「這種說話方式真不像妳啊。」
「那真不好意思啊，這才是我的本性!!至今也只給王兄看過！」
蘿絲激動得緊握著手。
「好痛——」
「夠了，我要幫你乳交，做好覺悟吧！」
「為什麼妳會知道這種東西——!?妳是公主耶！」
「我聽女僕講的，說是用蘋果派夾住搓弄，這麼做情人都會喜歡。反正她們口中的派，肯定是指胸前的這一對吧！」
蘿絲心中的焦躁壓過了羞恥心。

她將禮服正面拉開，並解下胸罩的前鉤。

蘿絲的胸罩在維塞面前解開分成兩半，豐滿的果實從胸罩中晃啊晃地袒露出來。

「嗚……」

粉紅色禮服的衣襟敞開，從中分成兩半的胸罩被拉至腋下處。

碩大雪白的柔嫩乳房上，有著小巧尖挺的乳頭。

似乎還飄散出蘿絲的甜美體香。

「王兄，你的口水滴下來了。」

「嗚……」

蘿絲環抱住我，讓胸部直接壓迫住肉棒。被這麼抱住實在是非常舒服，妹妹卻一臉不悅地說：「這樣真不好做，拜託把雞雞向前挺。」

「是，公主大人。勞煩用您的蘋果派幫我夾住搓弄。」

「拜託能別用嘲弄的語氣嗎？」

蘿絲又用輕蔑的眼神看著我。

我站起將衣服脫掉，接著雙腿張開坐在床上。

妹妹則屈膝跪著，整個人緊貼在維塞的雙腿之間。

眼前的景色讓我震驚了。

（我現在，正俯視著妹妹……）

蘿絲用她纖細的手指將維塞的分身納入乳溝之中。

「嗚啊，太、太棒了……好舒服……」

綿軟的胸部從兩側擠壓著，這溫熱且滑嫩的觸感實在是極致的享受。

明明是此般巨乳，乳溝之間卻浮現出肋骨，並不停磨蹭到包皮繫帶。

「是這樣嗎？我還以為胸部跟抱枕差不多，嘴巴或是裡面還比較舒服。」

「因為是、蘿絲的胸部……嗚……才會這麼舒服……」

「呵呵，是這樣嗎？那麼我就繼續服務你吧♡」

嚕啾、嚕啾嚕啾。

蘿絲用自己的手搓弄起乳房。

速度快到胸部的形狀都改變了。

讓維塞看了不禁擔心起來。

（這樣不會痛嗎？聽說胸部很敏感才對呀？）

「那個、蘿絲，妳不會痛嗎？」

「我沒事♡……嗯……哈啊、哈……哈啊……♡啊啊……」

蘿絲一面喘息還不忘繼續搓揉乳房。

年輕女性的乳房非常敏感，有時光是碰到就會疼痛，但乳交卻非常舒服，甚至能感受到兄長的男根在乳溝間不停脈動。

「嗯……哈啊……哈啊♡……嗚……」

看著龜頭冒出乳溝，一顫一顫地晃動，感覺十分有趣。

黏黏的汁液從尿道口湧出滴到乳房上，使得觸感更加緊密。

「嗚……」

兄長發出呻吟，肉棒也不時發出顫抖，而且越來越硬。

為了取悅看似十分享受的兄長，蘿絲開始賣力地搓弄乳房。

此舉使得維塞的男根更加熾熱，蘿絲也渾身香汗淋漓。

（怎麼辦，實在太舒服了。）

兄長將手放在我頭上，開始撫摸著。

「好舒服♡王兄……」

我從沒想過被摸頭，會是如此舒服的事。

胸口感到小鹿亂撞，使得子宮收縮，甚至能感受到內褲底下已經溼成一片了。

（討厭，真的好害羞，應該不會有味道吧。）

蜜液的味道就像是瑞可塔一般，雖不會引人不悅，但被兄長知道自己發情實在是太羞人了。

「啊……怎、怎麼辦♡……嗯……」

子宮飢渴地發出陣陣癢感。

蘿絲雖用腳跟壓迫住私處，卻只造成了反效果，導致湧出更多愛液。

她不禁吞了吞口水。

心裡急著將這個又硬又大的堅挺肉莖，放進自己身體裡。

（討厭，好丟臉。我到底在想些什麼啊。）

害羞使得她不自覺用力過度，一陣鈍痛襲向蘿絲。

「好、好痛！啊啊!!」

而乳溝間的男根，就像是施了魔法般將痛苦轉換成快感。

蘿絲腦內傳來啪的一聲，眼底一片銀光。

「啊、啊啊啊啊、啊啊——」

蘿絲整個人直挺挺的，頭向後仰直打哆嗦。

由於過度使勁，讓胸部用力向肉棒擠壓，才造成這既疼痛又舒服的危險快感。

維塞看著這樣的妹妹。

（嗚哇，蘿絲這表情也未免太色了。）

乳交的觸感並沒有如口交或肉穴那樣的複雜。不過被豐碩的果實從兩側擠壓的感覺，以及肋骨刺激著肉棒的壓迫感都是至極的享受。

再加上看見平時冷淡的妹妹高潮那一瞬間，使得維塞的理智徹底斷線。

嘟噗！

他情不自禁開始射精。

腰部深處傳來陣陣熾熱。

「嗚哇，抱、抱歉……要射、嗚！」

因乳交挺出胸部，高潮令身體使勁往後弓，白濁液毫不留情地濺在蘿絲的下巴。

咕嘟咕嘟、嘟咻!!

精液如噴泉般湧出，玷汙了妹妹美麗的臉龐。

射在臉上是極其失禮之事，就連娼婦也不願意這麼做。維塞心想這樣又會被妹妹輕藐，便將身體往後縮，卻因為蘿絲依然使力用乳房包覆住肉棒，令他身體無法動彈。

射精的強烈快感，以及玷汙妹妹的悖德感使得維塞無法思考。

而不斷噴出的精液，氣勢也慢慢轉弱，最終完全平息。蘿絲的臉、鎖骨和乳房上，都濺滿了精液。

「抱歉。」

「沒關係。」

妹妹伸手將肉棒的根部握住。

並開始親吻龜頭，冰涼柔軟的嘴唇觸感讓維塞打了個輕顫。

「嗚哇，蘿絲，這很髒啦。」

「我幫你舔乾淨。」

（竟、竟然還幫我打掃口交。）

和維塞結合後，蘿絲才終於瞭解女僕們講的色情話題到底是什麼意思，然而一

國公主主動提出這種要求，還是令維塞大吃一驚。

蘿絲開始舔拭龜頭。

「嗚！」

她用舌尖反覆舔弄著射精後變得敏感的尿道口，明明只是為了將精液舔乾淨的行為，卻使得維塞的分身再次脹大。

儘管美麗的臉龐沾著精液，妹妹依然從粉色雙脣伸出鮮紅色的舌頭舔拭著龜頭。

「唔唔，嗚……」

才剛射精結束，肉棒卻再次變得堅挺起來……就在這時，蘿絲停止了舔拭。

原來她真的只是打算將精液舔乾淨。

「什麼嘛……我還以為妳會含進去……」

「就說只是舔乾淨了!!」

妹妹氣得將頭別過，而精液仍然沾在臉上，這模樣十分惹人憐愛。

從蘿絲身上，散發出一個與瑞可塔相似，酸甜性感的香氣。

動作也看起來有些扭捏。

原來是這樣啊。

比起嘴巴，她更希望我將精液注入子宮。

看那副模樣就知道她已經飢渴難耐了。

於是維塞躺在床上要求：「由妳來插進去。」

「咦？」

「我才大病初癒，現在沒有力氣。所以，能不能由蘿絲、那個，張開雙腿騎上來呢？」

「你、你還敢說，自己沒精神？明明就生龍活虎的不是嗎!!」

蘿絲面紅耳赤地斥責。

我知道兄長想做什麼，這一定是女僕們說過的騎乘位。

「我、我還是個新手啊，騎乘位那種事，不是老手才會做的嘛……」

「新手、騎乘位……老、老手……」

兄長強忍著笑意說。

「能不要重複我說的話嗎!?」

「這、這樣啊，妳說得也對。不過我才大病初癒……咳咳，啊啊～好難受～」

「醫生說你只是睡眠不足而已。」

「好吧，那我只好多多休息了，晚安。」

「我、我做就是了！哼！」

說完蘿絲便將手伸入裙底把內褲脫掉。

內褲底下吸滿了淫汁，整個溼成一片。

她捲起裙襬，跨在兄長身上。

從花瓣中湧出的蜜液，滴在兄長的下腹部。

「討厭，好害羞……啊啊……」

蘿絲將裙襬掀到肚臍周圍，整個人跨坐在兄長身上。

兄長則往上盯著她的私處。

不論是小穴、乳房，甚至是後庭，所有羞恥的地方都被看得一清二楚。

由於太過羞恥，蘿絲的身體完全不敢動彈。

大腿也直打哆嗦。

「真想趕快插進去啊——還是說，妳是故意露給我看的——」

「呀啊！王兄你實在太差勁了!!」

「插進去的話，應該就不會覺得害羞喔——」

「人家最討厭王兄了！哼、哼哼♡♡這麼羞人的事，若不是王兄我才不會做呢♡」

蘿絲閉上眼睛，一鼓作氣坐了上去。

維塞也配合她的位置，扶著自己的分身。

就在蘿絲閉眼坐下時，龜頭碰到溫熱的花瓣，發出嚕噗噗的水聲，接著便一口氣沉入穴肉之中。

「嗯？」

（感覺怎麼怪怪的？）

肉棒似乎扯到陰唇了。

插入就這麼停在入口位置。

「討厭、好痛！怎麼回事，好像被扯到了……王兄最討厭了!!」

（陰唇被扯進肉穴裡，這肯定很痛吧。）

維塞抓住蘿絲的側腹，將她往上抬。

啾噗一聲將龜頭拔出。

接著用指尖將妹妹的陰唇撐開後，讓她再次坐下。

嚕、嚕噗噗、嚕啾。

「啊♡啊啊——啊——好棒♡♡好舒服♡！」

肉棒被熾熱的皺褶包覆住，且發出和肉壁互相磨蹭的聲音。這些皺褶磨蹭著龜頭並將它往內送，直到親吻子宮口才停止侵入。

而肉壁一再反覆地進行緊夾住肉棒和鬆開。

「嗚嗚，夾得好緊，裡面的顆粒感好爽。」

「真沒禮貌!!人家最討厭王兄了♡」

（糟，說錯話了，不會被她討厭了吧。）

娼婦只要被稱讚是名器都會開心，才一不小心說溜嘴。

妹妹如逃似地將臀部抬起。

就在即將把肉棒拔出之時，蘿絲的身體開始發出了顫抖。

她的模樣就像是一心急著想做愛，肉穴張開大口，緊銜著男根不放。

就連陰蒂也一顫一顫地勃起了。

維塞見狀差點失笑，但總算是忍住了。

（蘿絲那麼可愛實在叫人按捺不住。）

「蘿絲，妳騎上來扭腰。騎乘位若是在上的人不動，就不會覺得舒服喔。」

維塞從下往上扭腰抽插。

而蘿絲依然半蹲忍耐著，從接合處還能看到愛液不斷湧出。

而且她臉和胸部上還沾滿精液。

此時維塞靈機一動，搔起了妹妹的腋下。

「呀啊啊啊♡」

蘿絲癢得乏力坐下，頓時發出了啪啾的聲響，維塞激烈地往上抽插，蘿絲感覺身體就像被刺穿一般，還以為龜頭會從自己喉嚨冒出來。

當她急忙想抬起身子時，又覺得子宮感到寂寞，便再次坐下。

咕啾、嚕啾、噗啾。

「啊、啊啊♡……啊——」

黏膜的磨蹭聲，和床的嘎吱聲重合。

不過蘿絲沒有心力感到羞恥。

在她坐下時，陰核會擦到兄長的陰毛，同時龜頭頂向子宮口，交織的快感完全超乎她的想像。

「嗯嗯、嗯……啊♡……哈啊……哈啊哈啊♡♡♡……」

「嗚哇，好爽，蘿絲的裡面，皺褶不停蹭著老二，太舒服了……」

蘿絲用輕蔑的視線俯瞰兄長。

（為什麼王兄說話方式總是這麼低俗。明明是個有能力的人，這樣會害大家誤會他的，只好由我從旁協助他了。）

然而她一開始膝蓋使力上下扭腰，就舒服得完全無法思考其他事情了，尤其是坐下時，子宮和陰蒂從頭被刺激的感覺令人難以自拔。

「哈啊……啊啊……王兄、不行♡太舒服了……」

騎乘位能夠自行調節扭腰插入的深度，而蘿絲一直都在較淺的位置上下抽送。

「蘿絲，還要插得更深一點。」

「不行♡那麼深、會太舒服，嗯……會變得很難受♡」

兄長冷不防地抓住她的下乳。

「呀……」

蘿絲完全把意識集中在接合部，突如其來的刺激讓她整個人乏力坐下。

這使子宮口和陰蒂同時被壓迫。子宮的快感濃郁又漫長，就好像電流竄遍全身，陰核則使肌肉淺層酥麻不止。

蘿絲的子宮頸黏液如潮水般湧出，快感整個爆發出來。

「啊啊啊啊啊啊!!不行♡要高潮了！」

蘿絲甩動頭髮，更進一步扭腰，她本想逃離這股犀利又濃郁的快感，反而使得抽送更加激烈。

「不行、好大！太硬了♡♡」

妹妹淫靡的身影令維塞看到入迷。

蘿絲公主，是萬民景仰的存在……這樣的公主，臉和胸部上沾滿精液，在我身上擺臀扭腰。

雖然身穿粉紅色禮服，胸部和下腹卻整個裸露出來。

維塞伸出雙手，抓住蘿絲的下乳，而蘿絲也將手重合在他手上，渴求他用力搓揉。

「嗚嗚……」

子宮口黏稠略硬的觸感，肉壁緊夾住肉棒的快感，不斷濺在龜頭上的子宮頸黏液，這一切都讓維塞更加興奮。

不行，快射精了。

（讓妹妹懷孕再怎麼說都不妙，哪怕沒有血緣關係，我們依然是兄妹啊。）

「蘿絲，妳先抬起……」

正當維塞想叫她抬起身體時，蘿絲先一步高潮了。

「要去了♡！要高潮了!!啊啊啊啊♡♡♡！」

蘿絲用力將身子向後弓，肉壁纏住肉棒痙攣不止。

粉色秀髮隨著她的動作被甩動，小巧的下巴也因高潮往上提起。

頓時間精液也不禁噴湧而出。

嘟咻、咻嚕嚕。

維塞沉浸在射精的快感當中。

就像是將身體累積的東西，一口氣傾出的刺激。

嘟噗！嘟噗嘟噗！

「啊啊啊、精液♡王兄的精液，射進子宮♡射、射進去了♡♡♡」

維塞握住蘿絲的手腕，扶住差點倒下的她。

就在射精的氣勢轉弱之時，妹妹也疲軟倒下。

兩人的接合順勢解開，維塞就這麼靜靜地，抱住懷中的蘿絲。

5不被允許的休假

妹妹剛整理好儀容，便打算走出我房間。

她似是想起什麼停下腳步，然後轉頭對我說：

「王兄，請不要過度操勞，適當的休息也是必須的。」

「是啊。」

多虧王國債券，現在錢有著落了。

對想開旅館的人支給補助金的作業，文官也在我睡著時處理完畢。

說不定有一整天的時間能輕鬆休個假。

「蘿絲妳不是說想泡溫泉嗎？我們乾脆變裝跑去鎮上吧。」

「不行，會給護衛添麻煩的。」

蘿絲出城必須由女騎士貼身護衛，泡溫泉時，護衛根本無法守護她。

「齊默爾曼工坊裡就有露天浴池了。」

「好厲害啊。」

「我可是工匠啊，在自己的工坊裡想蓋什麼就蓋什麼。」

「真好，我也想看著星空泡溫泉。」

「溫泉裡的護衛就由我來擔任吧。」

「王兄要一起泡嗎？真是太……」還以為她要說我太低級了，還做好被罵的心理準備。

「太棒了！」

看著她可愛的笑容，害得我下半身又開始蠢蠢欲動，明明才剛射精過，我也太有精神了吧。

「總覺得，又想再做一次了。」

「不行啦，快要到敲鐘時間了，我得趕快回自己房間整理儀容。」

說完蘿絲便關上房門。

現在整個人神清氣爽的。

工作也一帆風順。

我伸了個懶腰，再次躺回床上。

「維塞大人，大事不好了!!」

就在我正打算閉上眼睛，再補個眠的時候。

「哎呀，賽巴斯汀，一早急急忙忙的怎麼了？你怎麼鐵青著臉，沒事吧？」

門外傳來了談話聲。

難道發生了緊急狀況？

我趕緊下床一探究竟。

「蘿絲公主，維塞大人現在身體狀況如何？」

「他醒來了，精神可好呢。」

「請恕在下失禮！」賽巴斯汀一臉驚慌地闖入房間。「維塞大人，大事不好了!!

祭主大人說不允許觀光客踏入神殿半步！」

第四章 在溫泉做愛並傳達最真實的心意

1 萬事休矣

「祭主大人感到不悅？怎麼會現在才？」

我再次詢問。

女神官長回覆道：

「是的，當我向她報告時她確實答應了。不過她後來問我『鎮上怎麼吵吵鬧鬧的』，我回覆『將有許多觀光客前來，若是神殿也變得熱鬧點就好了。』時，她又說沒聽說會變這樣……」

眼前這位對我低頭的這位女性，正是在前國王葬禮時唸祝詞的人。

她大約四十歲左右，外表嚴肅凜然。還以為她就是神殿裡最偉大的人，沒想到上頭還有一個祭主。

所謂的祭主就是由占卜選出的女神代理人，據說她年事已高，神殿大小事實際上都是由神官長代勞。

當時承諾可參拜神殿以及公開儀式的是神官長。現在，祭主卻驟然反對公開儀式。

「能告訴我她反對的理由嗎？」

「她說儀式不是表演。她本來還說這是讓世人知曉，慈愛女神歐墨尼得斯威光的大好機會……」

我、蘿絲還有賽巴斯汀，一個個都鐵青了臉。

「那麼給各地教會的公告……也……」

「沒辦法給予協助嗎？」

「是，他們說湧入大量觀光客只會帶來困擾而已。」

「他們不是普通的觀光客，是仰慕女神歐墨尼得斯大人的善男信女。女神的慈愛，是不會因為公開儀式而有所削減的。」

雖然蘿絲如此辯駁，神官長依舊面有難色地縮著那身穿白色祭服的身體。國家、工坊還有神殿都一樣。是靠上情下達決定營運方針的，只要神殿的頭子說不，即使是神官長這個二號人物也無法反駁那項決定。

我只好識趣地說：

「神官長，謝謝妳特地前來報告，即位儀式時就萬事拜託了。」

「是，請交給我吧。那麼我先告辭了，其實我是趁早上彌撒偷跑出來。」

神官長站起身子，看起來總算放下心中大石。

在女僕送神官長出門後，辦公室中瀰漫著沉重的氛圍。

萬事休矣。

以參拜神殿和公開儀式做為賣點，透過大陸各地的教會宣傳來招攬觀光客的計畫徹底瓦解了。

「我打算去見祭主，並試著說服她。早上彌撒剛結束，她現在應該有空。去神殿前，我得先沐浴。」

「馬上為您準備。」

蘿絲語畢，女僕便迅速離開房間。

「我也去。」

「神殿禁止男士進入！王兄請先用完早餐，然後商討對策!!畢竟無法保證我能說服她……」

「知道了。賽巴斯汀，我們討論其他方案，我也想聽聽文官們的意見。」

「明白了，在下立刻去做會議準備。」

2 驚奇的新提案

會議上文官們七嘴八舌地討論著。

「我不覺得光憑辦祭典，就能招攬觀光客前來我國。」

「我國確實是風光明媚，但沒有特地為此前來旅行的價值。」

若是蘿絲無法說服祭主就必須得想出備案，可是卻遲遲討論不出結果。

我在這議論百出的會議中，一個人靜靜地思考。

要辦祭典呢？

還是讓他們享用美食？

用溫泉放鬆身心。

享受美麗的風景。

不論哪種都欠缺決定性的吸引力。

從一早開會到傍晚，仍然沒有定案，蘿絲也遲遲沒從神殿回來。

我國的娼館和馬戲團雖是一流的，但實在難以拿來做賣點。等一下，祭主說儀式不是表演。這個，說不定有搞頭喔？

此時妹妹搖曳著裙襬快步走進會議室，貼身護衛的女騎士也氣喘吁吁。

「不行，祭主根本不願意見我，還說要準備傍晚的儀式，叫我先行離開。」

我站起身。

「我們就辦表演吧。」

全場文官安靜下來。

一副「他想說什麼？」的表情。

「我們就在舞臺上表演巫女舞。拜託馬戲團的舞者來跳巫女舞，場地就選在離宮的大廳。」

在用孤兒院詐欺誆騙約阿希姆陛下時，舞者們就重現了巫女舞。樂師和舞者光是看過一遍就能做出同樣的演出，約阿希姆陛下看完也以為那是真正的巫女舞，心滿意足地回去了。

「維塞大人，這樣不就是欺騙參拜者嗎？」

「我們會從實告知，這是跟祕密儀式相同的巫女舞，不過是由職業舞者所重現的，就說是一般而言，觀光客根本無從觀賞的舞蹈。」

「能觀賞祕密儀式聽起來很有吸引力。」

蘿絲如此說道，賽巴斯汀也在一旁附和。

「既然表演不在神殿的管理下，我們還能賣各種土產。」

「就是這樣！」

我情不自禁地拍打膝蓋。

「這肯定能賺錢。」

「看來就只能靠這個備案了。」

文官們議論紛紛。

「離宮的大廳太小了，頂多容納五十個人左右。根據我們的試算，需要能容納三百人的客席和舞臺。」

「知道了，那就在離宮外蓋個假神……呃，新的神殿。不是有個能停放馬車的位置嗎，就選在那邊。另外把離宮當作住宿設施，以能享受與王公貴族同等的服務為賣點大肆宣傳，肯定能撈不少住宿費。」

「距離即位儀式只剩二十一天，這樣來得及蓋新神殿嗎？」

「沒問題，我老……義父是個工頭。只要由我和義父來指揮，兩天就能畫出設計圖，加上準備木材和工人，第三天就能開始動工，包在我身上。」

「傳說中歐墨尼得斯女神是降臨於庶民之中。神殿只要有舞臺和屋頂就應該沒問題，這樣說不定還更適合表演巫女舞。」

「若是那麼簡單，只需要七天就能完成。」

文官們接二連三地提出意見。

「請恕我冒昧進言，維塞大人可能有所不知，離宮是王侯貴族們的共有財產，是用來迎接外賓、召開宴會的場地。我害怕即使維塞大人和蘿絲公主點頭，貴族們依然會心生不滿。」

「之後要辦派對或迎賓時，我們會提供王宮的大廳。」

「貴族們由我負責說服，布蘭登公爵的兒子比起武藝更喜歡精進學問，聽說他想當文官，只要將他任命為文官當作交換條件即可。索爾姆斯公爵正在尋覓千金的結婚對象，幫他和薩利安伯爵的兒子牽線吧，這兩人很相稱。利其爾侯爵向神殿捐款是想要勳章。賽巴斯汀，能幫我做好任命狀和授勳的準備嗎？」

「遵命，蘿絲公主。」

太厲害了，蘿絲的腦袋到底是什麼做的，竟然把貴族們的動向全部記下了。

就連文官們也震驚不已。

「只要準備好交換條件，要說服貴族們就會變得相對容易。只要給我兩天時間，我就能得到所有貴族的承諾。」

「兩天……這不可能啊。」

「蘿絲公主，我國貴族一共有三十四家，兩天太短了。」

「呵呵，真是的，我可沒說要三十四家全部交涉一遍。貴族們分成四大派系，我只要跟派系領袖談好就行。」

「原來如此，這樣確實只要兩天就能完成。」

賽巴斯汀不禁讚嘆。

妹妹雖然外觀是位婉約的公主，內在卻是個交涉專家，這個任務蘿絲肯定能完美達成。

「那麼要如何招攬遊客呢？神殿已經向各地教會發布教令，我們沒辦法召集參拜的旅客。」

「就利用我的即位儀式來宣傳吧，準備向王家和權貴人士寄出邀情函。」

「這麼一來，我國得花上不少費用呀。」

「讓他們用口耳相傳的方式幫我們宣傳。」

「王族要來到我國，肯定會帶上十幾個隨從，那些隨從都是尋常百姓，就好好款待他們，讓他們宣傳海德堡王國的各項優點。」

「那麼費用該如何張羅？我國國庫已經接近空虛了。」

「我會提供我個人的資產，祖父大人曾經給了我一筆資金，說要拿來當我的嫁妝。將這筆錢花在國家上，祖父大人肯定也會感到欣慰。」

文官們聽完一片沉默。

「喂，這個，說不定真的行得通啊。」

「維塞大人和蘿絲公主實在太厲害了。」

「不，真正厲害的是各位。正因為有負責實務的各位，我們王族才能夠有所行動……還請各位助我們一臂之力。」

「這國家需要各位的力量，拜託你們了。」

文官們紛紛起身敬禮。

「「「「向新國王維塞大人和蘿絲公主獻上忠誠。」」」」

3 老爹

鎮上熱鬧非凡。

一個個想開旅館和食堂的人們，都忙著改造住家，將餐具和床鋪搬來搬去。

四處傳來槌子聲、堆砌石頭的沉重聲響、捏製陶器的聲音以及歡笑聲。

所有人都綻放笑容樂在其中。

「維塞，好久不見啊，國王當得如何？偶爾記得來喝一杯啊。」

過去工作結束時，常去光顧那間酒店的大姊對我打招呼。

「勉強還行吧。」

「是維塞耶——好久不見，還好嗎？國王一個人在這散步好嗎？要是被暴徒襲擊怎麼辦？」

「哪有人那麼閒啊。」

「維塞，你聽我說，餐具賣得可好了，等參拜客來了肯定會更熱鬧吧？我要發大財囉。」

「這都是多虧了維塞，努力工作就能賺錢真是舒暢。」

「當年還那麼小隻的維塞竟然成了國王，真是出色啊。大嬸我可是買了五十第納爾的王國債券喔——真期待一年後增值呀。現在一看，才發現你的瞳孔確實跟王族一樣是琥珀色的呀。」

嗚嗚，胃開始痛起來了。

參拜客真的會來嗎？

若是讓大家失望該怎麼辦？

一年後，償還王國債券的時期到了，國家真的有錢還給國民嗎？

蘿絲僅花了兩天的時間，就與貴族派系的領袖懇談完畢，並得到全員的許可，現在離宮的所有權已經從王公貴族轉為收歸國有。

話雖如此，新神殿的表演和開放離宮也不過是備案罷了，祭主大人拒絕合作確實是重傷害，可事到如今，也無法期待能夠說服祭主大人了。

我邊走邊思考，終於見到懷念的老家。我的城堡——齊默爾曼工坊。是我自立門戶時，親自指揮建造的，還附有露天浴池。現在是由老爹負責管理。

就在我站在家門口靜靜沉思時，被一個從圍籬冒出的人抓住手腕。

是暴徒嗎!?

要是我現在死了，這個國家肯定會徹底玩完。

「喝！」

我側身逼近將他的手掙脫，並連續插眼踹蛋。

然而對手卻輕易將我的攻擊架開後，施展一記上段踢。

「駕！」

這技踢擊有如剃刀般犀利，我扭擺身體閃過踢擊，對手的腳背從頭上呼嘯而過。

剎那間又來了一記後旋踢，我迅速側身閃過使出蠍子踢。

反手拳來了，我用上段格擋防住，接著用掌打還以顏色。

「喝、哈!!」

對手攻擊速度太快，使得我只能憑反射神經還擊，此時他呢喃了一句。

「你生疏了。」

「老爹！」

原來是義父。

「你在王宮裡，幾乎都沒練習吧。」

「唔，是、是沒錯啦。」

一個瞬間手腕被他抓住，手被往反方向扭。

「喝！」

是小手反。

我的身體在空中轉了一圈後倒在地上。

一睜開眼只見到藍天和義父的臉，他準備給我最後一擊。

「老爹，我投降！」

拳頭就在離我鼻子五公分處停下。

「蠢材，跟你說過多少次了。工匠整天得做粗活，若想當工頭就得勤練身體！」

我的義父是徒手格鬥技的專家，平時沒事就會指導小孩。我從小就接受老爹的教誨，但從不覺得自己能夠贏過他。

「我現在可是國王。」

我一鼓作氣站起身來。

「國王跟工頭還不都一樣是組織的頭子。」

「哈哈，這倒是真的。」

「讓我仔細瞧瞧你。似乎還挺有精神的，我可擔心死了。」

老爹抱住我，拍拍我的背。在我因雙親得了傳染病去世而痛哭流涕時，老爹也是這樣抱住我，他就等同於我的第二個爸爸，被他抱在懷裡害我差點哭了出來。

「老爹看起來也過得不錯，就是稍微老了些。」

「才二十幾天沒見，哪可能老那麼快。」

「你應該看過我的信吧，我要在離宮旁蓋座新的神殿，裡面要有舞臺跟客席，而且要七天完工，拜託幫我一把。」

「知道了，我已經看過設計圖，交給我吧。」

此時一群男人出現，將我團團圍繞住。

「老大，我們都來了，能夠建造新的神殿實在是無比光榮。」

「齊默爾曼工坊重新開張了。」

「我至今還不敢相信老大當上國王呢。」

「我很高興能夠再次跟老大工作。」

實在是令人懷念。這些人都是我之前的部下，一同支持齊默爾曼工坊的夥伴。他們雖然都還是見習工匠，但一個個年輕有活力，而且充滿熱忱。

「卡爾、埃米爾、羅爾夫、湯瑪士、歐根，好久不見了，你們還好嗎？」

「很好，看維塞先生也很有精神真是太好了。」

「老爹已經分配好工作了，我們可要努力幹活囉。」

我差點哭出來了。

這些都是仰慕我、稱我為老大的部下們，能再次跟這幫傢伙一起工作，簡直像是做夢一樣。

在握住前任陛下冰冷的手時，我還以為無法再次當工匠了。

「老爹負責指揮，而我負責輔助他。」

「好了，準備開工！」

老爹大喝一聲。

「「「「「請多指教！」」」」」

大家也跟著一同喊出。

4工程與慰問品

「把釘子給我。」

「拿去。」

「把牆豎起來——一、二——」

「直直進去……再往右偏十度，沒錯，就是這樣。」

工程非常順遂。

部下們雖然還是無法獨當一面的見習生，但個個年輕有力，對工作充滿熱忱。

不過，接下來才是真正困難的部分，還得想辦法找點熟練的專家，來雕刻女神像。

現在所有住家都在改裝，幾乎請不到工人，而且木材價格高漲。

到底該怎麼辦呢？

就在我搬重物揮灑汗水時——

街道方向傳來一陣騷動。

「是蘿絲公主！」

「不會吧？」

「公主竟然會來到這個地方……」

四處傳來驚嘆。

當我一轉頭，就看到了妹妹，還有護衛的女騎士站在身後。

她身穿粉紅色禮服，手上拿著籃子，溫柔地微笑著。

奇怪？怎麼回事？總覺得她沒什麼精神，是我弄錯嗎，還是我太累了？

「各位辛苦了，還請小心不要受傷。」

所有人高聲吶喊。

一般而言，庶民只有在慶典遊行或在王宮的露臺上，才能夠見到王族。

而蘿絲連馬車都沒坐，還只帶著一名女騎士護衛，自然會引起眾人矚目。

於是蘿絲身後，跟著一群圍觀的人。

妹妹朝我這揮了揮手。

「王兄——！」

我將肩上扛著的板子放到地上後，走到她身旁。

「怎麼了?蘿絲。」

「你一直沒回到王宮，我好擔心。」

「沒辦法啊，我跟夥伴在一起工作。大家一同吃飯喝酒過得好快活。果然啊，蓋房子真是太有趣了。」

所有人一臉狐疑地拿我和妹妹比較。

「說得也對啊，既然維塞成了國王，那蘿絲公主就是他妹妹了，仔細想想還真誇張啊?」

「這樣一看，確實是有點神似。不光是臉蛋，氛圍也很相近，到底還是兄妹是嗎?雖然我和蘿絲沒有血緣就是了。」

不過我臉長得像媽媽，蘿絲又因為長得像媽媽才被收養，會被當作兄妹也不奇怪。

「各位，謝謝你們為了國家獻出一份心力。我帶了點三明治過來，要不要先休息一下呢?」

眾人聽了高聲歡呼。

「各位請用，這些都是王宮廚師做的。」

蘿絲開始發三明治給大家，三明治用油紙包住，直接吃也不怕弄髒。

「還有很多，大家慢慢用。」

臨時工和跟著蘿絲身後的庶民們，都開始吃從蘿絲那裡拿來的三明治。

蘿絲也坐在圓木上吃起三明治。

「好吃。」

「嗯，太美味了。」

「總覺得有些高興啊，公主大人竟然來到工地，和我們一起坐在圓木上吃著三明治，這公主真是不同凡響。」

「哎呀，各位能夠蓋這麼大的房子，怎麼想都比我還要厲害呢。我什麼都不會，只能像這樣一一向各位道謝。我剛剛才去過馬戲團，跟跳巫女舞的舞者們打過招呼。」

我國的公主，竟然跑去馬戲團了。

「是嗎，蘿絲妳真行啊，充滿了行動力。大家應該很開心吧？」

「是啊……」

蘿絲聽了低頭移開視線，嘆了一口氣。

果然不太對勁啊。

「發生什麼事了？」

「沒什麼……對了，我有事要找王兄討論，我想單獨聊聊。」

「好吧，我們去工坊裡面。」

5 知曉過去的舞者

事情就發生在蘿絲前往馬戲團時。

老闆帶她前往練習場，現場有大約十名舞者，在配合弦樂器和教練的拍子練習巫女舞。

「側追步，交換步。啪、啪。琳達，不要用腳尖轉，用腳掌轉。底波拉，妳拍子慢了，注意節奏……米爾菲，妳踏錯步了！不行不行，跳得零零落落的。先休息吧，大家補充水分，休息完再從頭開始練。」

「「「「是」」」」

跳得汗流浹背的舞者們，紛紛席地而坐，拿起水壺喝水。

「蘿絲公主大駕光臨了——」

老闆一喊，疲憊不堪的舞者們開始七嘴八舌討論起來。

「咦？是真的公主？」

「各位好，我是蘿絲・奧拉・海德堡。」

「哇——真的是蘿絲公主。」

「哇啊，多麼美麗，禮服也好漂亮。」

「各位請放輕鬆，我只是來向大家道謝而已。」

「殿下不需要特地向我們道謝，我們只是接受委託跳舞。」

女性教練冷淡地回覆。

「說穿了就只是為了錢啦——」

「就是啊，我們又不是正牌的巫女，只是收了錢才跳舞。」

「當然，這樣就夠了。相信觀光客們看了大家的巫女舞，也會非常開心，這會進而成為我國的利益。各位的努力，將會化作井口、美觀的街道，甚至是孤兒院孩子們的糧食。」

蘿絲語畢，練習場陷入一陣沉默。

「我們的舞，能夠幫助大家？」

「那是當然的，大家能藉由舞蹈使我國變得更加美好。」

「太棒了──我要好好努力！」

「這種事，我想都沒想過！」

「其實，我是個孤兒。」

「我也是，即使練習很辛苦，但如果能讓後輩們過得幸福點，我會努力的。雖然教練很嚴格。」

教練聽了只好苦笑。

「我還帶了糖果過來，大家請一起吃吧。」

「哇啊，太棒了！」

蘿絲將籃子交給教練。

「那麼我先失陪了。」

向舞者們行完禮，蘿絲便和護衛的女騎士一同離開，但就在此時──

「欸，妳是克拉拉對吧!?」

突如其來的搭話使得蘿絲大吃一驚。

克拉拉，那是蘿絲小時候，在鎮上流浪乞討時的名字。

「是我，底波拉啊。小時候，我們一起乞討過。妳竟然還活著，妳忽然消失得無影無蹤，我以為妳死了。」

畢竟是十三年前的事了，蘿絲毫無印象，孤兒們會組成小團體行動，也許是其中一人也說不定。

「底波拉，妳想太多了吧。」

「這麼高貴的公主，怎麼可能會是孤兒？」

底波拉搖搖晃晃地走向蘿絲，卻被其他舞者們阻止，護衛的女騎士也擋在蘿絲身前。

蘿絲用眼神向對方致意，便走出了練習場。

「什麼嘛，妳這個爛人！當年我們還共分一塊麵包吃……為什麼只有妳當上公主！我卻只能當個舞者，整天揮灑汗水謀生！」

「喂，底波拉妳冷靜點，妳認錯人了。」

蘿絲聽著身後傳來的喧囂，走出了馬戲團。

6　一起泡溫泉

「嗯——這樣啊……」

聽完蘿絲的話，我不由得感嘆。

難怪她會無精打采的。

對妹妹來說，自己沒有王家血統這點，不光是弱點還是個痛處。

「一想到只有我被祖父大人收養，能夠輕鬆過活，心就變得好痛。」

「哪有什麼輕鬆過活，蘿絲可是有好好努力過，這世界上哪有公主肯為了國民將自己的財產捐出去，蘿絲可是我國自豪的公主。」

「可是底波拉，肯定會大肆宣揚我是個假王族。」

「想講就隨她去吧，在酒店也偶爾會聽到有人胡謅，說哪個誰是王族的私生子之類的藉此引人矚目。她肯定會被當作是同類吧，就算有人說蘿絲是孤兒，也不會有人相信的。」

「真的是這樣嗎？」

「像蘿絲這麼美麗高貴的女性怎麼可能會是庶民，蘿絲可是我們高不可攀的存在。剛才也是，蘿絲一來，所有人不都放聲歡呼了？唉，這也沒辦法，誰叫我妹妹實在太美麗了。」

我誇張地讚美了她一番，妹妹便笑了出來，眼神也恢復活力，變回那個平時的蘿絲。

「說得也是，我是蘿絲·奧拉·海德堡。我比任何人都還要美麗！」

沒錯，這才是我知道的蘿絲。用著透露出「賤民還不快跪拜，我可是王族啊」的眼神鄙視我，美麗又高貴的公主大人，垂頭喪氣地一點也不像是蘿絲。

「去泡溫泉吧，泡完馬上就能恢復精神了，我會保護妳。」

由於蘿絲只想跟我一人交談，護衛的女騎士還在門後待命。

「妳看。」

我牽著蘿絲的手，帶她到露天浴池。一打開門，熱氣便直接飄散過來。

「哇啊！真的是溫泉耶!!」

「老……義父他平時幫我管理工坊，隨時都能泡到溫泉。」

「王兄也一起泡吧！」

蘿絲說完便脫起禮服，她白皙的肉體，從粉紅色禮服裸露出來。

我頓時看到入迷了。

這還是我第一次看到全裸的蘿絲，纖瘦的頸部、曲線曼妙的鎖骨、雖大卻渾圓挺立的巨乳、玲瓏有致的腰身、如心型般翹起的臀部、修長的腿，還散發出一股甘美的體香。

「討厭，不要這樣死盯著看！」

她冷淡地別過頭去，接著便將熱水打在身上適應溫度，然後泡進浴池。

蘿絲一臉滿足地呼了口氣，略帶血色的臉頰看起來更加性感了，或許因為溫泉顏色略白，讓妹妹的肌膚看起來更加白皙。

原來胸部會浮在水上啊，上乳直接浮在水面，形成一座橢圓的島嶼。

腹部和腳也從水面透出。

「這溫泉好舒服喔，王兄，你不進來嗎？」

為何她明明是從低處望著我，卻有種被輕藐的感覺。

「好，我也要進去泡了。」

我將衣服脫光浸入浴池。

我們雖正對面坐著，但距離近到能碰到腳。

溫潤的泉池，整個包覆我們的身體。

「真的是好久沒泡溫泉了，最後一次應該是我還在鎮上的時候，大概有十三年了。」

「蘿絲真的很了不起，妳非常努力呢。」

我伸出手摸摸妹妹的頭。

「呵呵。」

妹妹可愛地笑了，並用甜美的聲音細語：

「王兄，我最喜歡你了♡」

真是夠了，這傢伙怎麼這麼可愛。平時一臉冷淡，和對我撒嬌時的反差實在叫人欲罷不能。

「我也喜歡妳。」

我將妹妹摟入懷中親吻她。

不過是一個嘴脣相碰的輕吻。

才想說現在氣氛正佳，她卻用手抵著我的下顎，用力一推。

「好痛。」

嗚哦，每次這樣一推，脖子就痛到不行。

「不行啦，王兄，妝會卸掉。」

我用手背抹了抹嘴，發現手背上沾著口紅的痕跡。

我急忙把手放進水中洗掉。

竟然不能接吻啊。等等，不對喔，接吻不行，那其他事總能做吧。

我將蘿絲抱起放在我的膝上，兩人呈現了背面座位的姿勢。

柔嫩的屁股坐在大腿上的觸感非常舒服，她綿軟的大腿內側，夾住了我的分身。

我邊將雙手繞到前方搓揉她的胸部，一邊對著耳朵吹氣和親吻脖子。

當我一輕咬她的耳垂，蘿絲便發出陣陣哆嗦。像這樣玩弄她，實在是非常過癮，真想讓她整個人都酥軟融化。

於是我繼續撫摸她的乳房，同時沿著頸部往上舔。

7　一時歇憩

蘿絲發出了甜美的呻吟。

「啊、啊啊……啊♡」

明明平常不小心碰到乳房都有可能會弄痛，或許是因為在溫泉裡被撫摸，舒服到整個人快要融化掉了。脖子被舔的刺激也令人興奮不已，即使泡在熱水中，光是感受到對方的吐息，身體就不禁發出哆嗦。

「不、不行♡……啊……嗯、嗯嗯♡♡♡」

兄長緊緊地擁抱住我，胸膛貼住我的背部，用他偌大的手撫摸乳房。奶頭被指腹夾住搓弄，甘美難熬的快感瞬間渲染全身。

「王兄、啊嗯♡好熱……哈啊……哈、哈♡♡……」

「蘿絲的背好滑嫩，還有股好香的味道。」

蘿絲感覺到，股間被異於溫泉的炙熱液體濡溼，雖說愛液之後會被溫泉水沖掉，但一想到可能留下味道就令她感到羞恥。

「我只聞到溫泉的味道而已！」

兄長沿著背部向上，吻到我的下頷。

「啊啊、哈啊♡哈……」

我忍不住身體向前曲，而兄長用撫摸胸部的手使力將我抱入懷中。

乳房被緊捏住，產生出異於疼痛的刺激，令我不由自主發出顫抖。

「不行、好痛♡！」

「啊，抱、抱歉。」

「不過如果是王兄的話……可以喔♡……就算讓我更加疼痛，也沒有關係♡」

上次在王宮和兄長發生關係時，被乳交的快感所震撼了。拜兄長的肉棒所賜，就連揉捏乳房的疼痛也能轉化成快感。

「蘿絲，妳真變……」

「我才不是變態！我是蘿絲・奧拉・海德堡，是我國的公主。還不是因為我喜歡王兄♡因為是王兄做的♡我才會說出舒服♡哼、哼哼！我最討厭王兄了♡♡♡♡!!」

蘿絲站起身出了浴池，並拿起毛巾開始洗身體。

但和在王宮洗澡時不同，肥皂怎樣都搓不出泡。

（啊，我都忘了，溫泉水沒辦法搓出肥皂泡。真叫人懷念。）

「要我幫妳洗嗎？」

「不需要，洗身體我自己會!!」

蘿絲將熱水打在身上把泡泡沖掉。

「那麼，妳能幫我洗身體嗎？」

怎麼反倒叫我幫他洗了。

我站起身來，以鄙視的眼神俯視兄長。

「王兄你真是有夠低級，太差勁了！」

「妳的小屄都被我看光了。」

維塞抬頭看著妹妹說道。

蘿絲粉色的陰毛給不是熱水的液體濡溼，散發出潤澤。

陰蒂和奶頭也都尖挺起來，用這副模樣鄙視我，也只會令我興奮罷了。

「呀啊！」

蘿絲趕緊用雙手遮掩胸部，啪唰一聲跳入溫泉裡，羞得連頭都潛入池裡。若眼前有個洞，她肯定想鑽進去，維塞見此狀笑了出來。

「喂──蘿絲，妳不是怕妝卸掉嗎？」

蘿絲急忙從水中探出頭。

「我要出去了！」

她雙手握著浴池邊緣，正想出溫泉時。

「唔……」

維塞不禁發出呻吟。

從豐滿臀肉的溝中，露出的私處形狀清晰可見。不論是布滿皺褶的後庭，還是大大張開的陰脣，就連深處的桃紅色黏膜、尿道口的小穴還有陰道口都十分鮮明。

「太棒了，看得一清二楚。」

「啊、啊啊、不要♡不要看，王兄♡♡♡」

蘿絲手依然扶著浴池邊緣，屁股卻開始左右搖晃。

似乎是害羞過頭導致無法思考，反而做出了更羞恥的行為。相較平時冷靜的妹妹，如今動搖的模樣實在令人憐愛，維塞忍不住更進一步用言語戲弄她。

「應該要說請仔細看我羞恥的地方，這樣才對吧？」

蘿絲聽完發出了吞嚥聲，從私處流出的蜜液牽成銀絲，最後滴落在溫泉中。

（怪了？她怎麼沒生氣，換作平時早就說我最討厭王兄了。難道說言語調戲對她這麼有效？）

「騷穴流出這麼多淫汁，蘿絲妳也太色了。」

當我接著講下去，蘿絲後庭和小穴便開始收縮，並湧出更多蜜液。陰蒂也充血勃起，微微地左右晃動。

蘿絲發出了陣陣喘息聲。

被兄長說了些下流的話，子宮就變得好熱，身體也整個發燙。

（難道我，感到興奮了？是被兄長用言語調戲而感到興奮？）

「快說，請把王兄的肉棒，插進我淫蕩的騷穴裡。」

「哈……哈啊♡……我、才、不說♡♡♡……」

兄長用手指將兩瓣陰唇左右撐開，並不斷反覆地開合。

陰唇被摸其實沒什麼感覺，既然要摸幹麼不玩弄陰蒂或是裡面的黏膜，現在被玩弄陰蒂肯定馬上就會高潮，這樣一來就能忘記羞恥感了。

「是嗎？太可惜了，那就到此為止吧。」

「不要♡」

子宮正隱隱作痛，肉穴裡也不斷蠕動著。

（啊啊，好想要。想要王兄的大肉棒♡）

但是說不出口，太丟人了。

陰蒂脹得越來越大，簡直像是在渴求著快點玩弄它。

此時兄長的指頭，對著陰蒂輕輕一彈。

嗶哩嗶哩嗶哩！

甘美的戰慄竄遍身體，蘿絲就這麼高潮了。雖然不到失去意識的程度，但這麼一做，反而使子宮和肉穴的饑渴達到最高點。

「哈、哈……請、插♡進來♡」

「把什麼插進哪？」

（啊啊，怎麼辦，好羞恥。）

兄長沒有強制我，只要說不，然後走出浴室就好。但我的腰卻難受得扭來扭去，像是用行動請求兄長插進來。

蘿絲變得香汗淋漓，慾望和羞恥在腦中拔河，身體則不停顫抖。

維塞見了蘿絲的反應簡直心如鹿撞，羞澀的妹妹實在是太過神聖，使得他興奮難熬。

（天啊，真是夠了，蘿絲那麼可愛叫人怎麼按捺得住！）

「要是不說就不插進去了。」

維塞握著自己的分身磨蹭妹妹，並等待她的反應。

蘿絲深深吸了口氣，然後一鼓作氣說出：

「請、請把兄長，又粗又雄偉的……肉棒，插、插進，我淫亂的肉穴裡♡!!……哇啊啊啊啊啊嗯♡人家最討厭王兄了♡♡!!」

「噗哇哈哈～」

維塞忍不住笑了出來。其實他早就忍到極限，只是想再稍微戲弄一下妹妹。

維塞使勁拍了蘿絲的屁股，發出了響亮的聲音。

「呀啊!!」

蘿絲握緊浴池的邊緣，支撐住身體。

「這、這是做什麼？王兄!?」

「這是一種玩法啦，很舒服吧。」

「欸？咦咦咦!?」

咻、啪！

「呀啊啊、呀啊、呀啊！」

維塞為了不弄痛妹妹，刻意控制力道拍打屁股。

拍打聲雖然響亮，蘿絲的肉穴卻不停開合，蜜液也接連湧出，一看就知道她也喜歡這麼做。

維塞打了三次左右，便開始撫摸拍紅了的屁股。

「嗯……哈……啊啊……」

妹妹不禁挺直身子，發出陣陣哆嗦，撫摸被拍紅充血的屁股，產生了癢和舒服交織的奇妙感覺，而兄長則繼續反覆拍打與撫摸。

啪啪啪！

拍打聲在浴室迴響。

蘿絲白皙的臀部被打得微微泛紅。

蘿絲只能緊抓浴池邊緣撐住身體。

「呀啊♡呀啊啊、呀啊！」

維塞的拍打不禁使蘿絲身體前後晃動，但並不覺得疼痛，反而像有股甜美的衝擊，從子宮內側震盪。任人擺弄的感覺好似在騎著一匹瘋馬，令她欲罷不能。

就連女僕們的黃色話題中，也沒講到打屁股這種玩法。但是、這個，實在是超乎想像的快感，就連子宮都忍不住隱隱作痛。

「啊啊♡……嗯……哈啊……啊♡啊啊♡啊啊♡♡♡」

身體好熱，被拍打的屁股則更加炙熱，蜜液不斷湧出，腦袋也完全無法思考，就只剩水面留下的動盪波紋。

就在此時，拍打平息了。

「哈啊……♡」

蘿絲發出了放心的嬌喘。

兄長用他的大手開始撫摸臀部。拍紅的屁股被摸得又癢又麻的，令蘿絲不由得產生混亂。

「嗯、啊♡哈……啊啊……」

為什麼會這麼舒服？我已經搞不清楚了。

啪！

摑掌再次落下。

支撐身體的手臂頓時乏力，上半身差點向前傾倒。

「小心。」

兄長從背後抱住我，並把臉貼著我的臉頰。

「抱歉，不過妳放心，我不會讓妳跌傷的。」

（沒錯，王兄不可能會傷害我。）

蘿絲沉醉於兩人的信賴之中，用臉頰磨蹭向兄長撒嬌。

王兄粗粗的鬍碴蹭起來有點癢癢的。

「王兄，我愛你♡」

（蘿絲終於說她愛我了！）

我高興到完全無法思考。

「我也喜歡妳！最喜歡妳了！蘿絲為什麼會如此可愛啊～!!」

為了遮掩羞臊，我故意用了誇張的說法示愛，並從身後緊緊抱住她。

——能請你不要開玩笑嗎？我最討厭王兄了！

還以為她會這麼說，妹妹卻用甜美的聲音呻吟。

「哈……王兄♡……王兄♡……」

平時總是冷淡的她，撒起嬌來可愛到讓人難以招架，害得我心癢難耐。

本想繼續調戲蘿絲，等她興奮到難以自拔再插入，可我已經忍到極限了。

我將男根抵著妹妹的股間，但她似乎放空無法配合我的動作。

「把屁股抬高點。」

「像這樣嗎？」

「沒錯。」

我扶著肉棒，從背後挺進肉穴。

肉穴裡的皺褶，就像是塞滿剛起鍋的義大利麵，將肉棒纏住不放。

「啊啊……哈……插進來了——」

蘿絲背部整個弓起，發出陣陣哆嗦。

或許因為和正常位插入的角度不同，就好像霸王硬上弓一般，龜頭的傘緣硬是將皺褶撐開挺進，直到前端碰到子宮口。

即便蘿絲身體發出顫抖，臀部依然扭捏焦急。

「不行，屁股♡好痛！啊啊……」

「呃，這樣啊，抱歉。」

剛才打屁股時的紅腫尚未消去，再加上裡面被壓迫肯定很痛。

於是維塞小動作地抽插淺處。

「不、不行——♡王兄，還、還要♡……還要、更深♡♡♡」

蘿絲哭著懇求。

兄長的肉棒雖然舒服，但是沒頂到最有感覺的地方。

「呃，好、好吧……我知道了。」

滋咕！

龜頭硬是撬開穴肉。

臀肉被壓迫明明感到疼痛，子宮卻緊收產生甘美的快感。

從背後硬上，身體像是被刺穿的壓迫感使得蘿絲發出悲鳴。

「不行、屁股♡好痛～」

兄長瞬間停頓住，像是顧慮蘿絲而小幅度地抽插。

好想被他深深挺進子宮。

插進裡面比較舒服啊。

「不行……還要更深♡要頂到深處……」

可是兄長簡直像是在挑逗我一般，依然持續著小幅度抽插。

「王兄、還要、還要更深！子宮♡已經忍耐不住了♡」

兄長聽完我的渴求，便抓住屁股兩側。

並深舒了一口氣，像是要將迷惑掃去，接著確認道。

「真的可以嗎？」

「是的，拜託你了。請用王兄堅挺的肉棒，盡情操我低微的肉穴！」

滋噗、咕啾、滋噗嚕。

兄長用像要插壞子宮的氣勢，一口氣將男根挺入。

臀部和兄長的下腹相撞，發出了啪啪的肉聲。

子宮頸黏液也不斷湧出。

「嗚哦、湧出、好多愛液、嗚——」

對子宮口的刺激，以及被拍打後變得敏感的屁股，不斷被碰撞而生的興奮感接踵而來，使得快感比平時高出了好幾倍。

甚至能感覺到涼涼的陰囊，拍打私處又遠離的觸感。

「好舒服……請繼續用肉棒，刺激人家的子宮♡」

「唔唔……」

維塞發出低吟。

儘管從背後位插入只能看到背部，蘿絲的身影仍然豔麗。滑落至股溝的汗水，被渲染成鮮紅色的耳垂，纏在頸部的溼漉秀髮，一切都是那麼性感。

「啊啊、子宮♡子宮不停♡發出痙攣……說著好喜歡肉棒!!好棒♡太舒服了♡」

看著平時強橫的妹妹，被我的肉棒插到如此放蕩。

「啊啊、喜歡♡！最喜歡你了、王兄♡!!」

（平時都冷淡對我，只有在這時候才會誠實說出喜歡我。）

真想讓妹妹更加舒服，盡情說出喜歡我。

維塞開始激烈地擺動腰部。

溫泉因兩人的動作發出陣陣漣漪，每一次抽送都從肉穴傳來咕噗的水聲，穴內的皺褶緊纏住肉棒，像是想將精液吸盡。

「王兄♡請把精液射出來。子宮♡人家的子宮、忍耐不住了♡♡♡」

雖然維塞快要射精，但一聽到妹妹的請求，便覺得就這麼結束實在太過可惜。那怕只有再多一次抽插，也要繼續享受下去。

「啊啊啊——不行、不行了——要去了！去了!!」

蘿絲先一步達到高潮。

身體發出顫抖後，背整個往後弓起。

肉穴也痙攣不止。

（嗚哇，糟糕，要被榨乾了。）

「嗚！」

精液一口氣噴出。

這使維塞整個慌了，心想得快點拔出來。

雖然過去也曾射在裡面，但若是現在蘿絲懷孕就大事不妙了，雖說兩人沒有血緣，畢竟還是兄妹。

然而，卻拔不出來。

蘿絲的肉穴不肯鬆開它。

就好像是女人的本能，促使子宮將精液吸入其中，穴肉也不斷蠕動促使射精。

維塞決定放棄掙扎，委身於射精的快感。

將體內累積的東西排出的快感實在難以言喻，更何況是將自己的精液，射進蘿絲的子宮裡。

嘟噗嘟噗！咻！

經過一段不知是長是短的時間，激烈的射精才逐漸轉弱，最終完全止歇。

蘿絲的痙攣也跟著停下，雙腿頓時發軟。

維塞將肉棒拔出，兩手環住蘿絲的腹部支撐住她，讓她慢慢浸入溫泉。

只見妹妹滿面潮紅，神情呆滯。

不知道是在享受溫泉，還是沉浸在餘韻之中。

「我先出去了。」

8意想不到的提示

從溫泉出去更衣後，我前往辦公室翻閱帳簿，妹妹不久後也跟著進來。

臉上的妝雖然卸了，但她的素顏卻更加可愛，白皙肌膚配上粉色雙脣，還有略帶嫣紅的眼角，凸顯了她的清純容貌。

「我差不多要先走了。」

她的語調冷淡到完全聽不出，剛才還被我激烈抽插發出淫蕩的呻吟。

「哦，回去小心。」

「你在看什麼？」

「在看帳簿，最近木材和人事費都上漲了，雖說薪水上漲對庶民來說算是好事。」

說實話是時候該雇用些老練的工匠了，但很有可能會超出預算，這樣下去真的有辦法蓋好新神殿嗎？

融資給外國，最後被倒債的那些錢，能不能想個法子回收呢？

光是借給賽吉王國、卡莫米爾王國、拉班達王國、塔尹姆王國的金額，就幾乎等同於我國的年度國家預算了。賽巴斯汀說過，我國曾數次寄出催款函卻被無視，真不知道有沒有什麼好辦法。

「這樣平民也能變得衣食豐裕呢。說實話，要是觀光客們都能夠來參拜神殿就好了。」

「太好了呢，蘿絲。妳的聲音又有了活力，聽起來很有精神。」

「是啊，我很有精神，畢竟剛泡完溫泉。」

「那就好，我們國家的人啊，就是喜歡泡溫泉，只要一泡溫泉精神就……」

蘿絲聽了渾身一震。

「王兄，你，剛才說了什麼？」

「我說大家都喜歡泡溫泉……」

「對啊，就是這個！」

妹妹頓時豁然開朗。

「王兄，我想到了，我有辦法說服祭主大人了！請給我兩天時間，我一定會取得祭主大人的許可！」

第五章　被求婚的妹妹公主及玩後庭

1 邀請函和催款函

「祭主大人答應了。」

和我在溫泉做愛完，過了剛好兩天的時間，蘿絲在圓桌會議向所有人報告。

「答應……是指觀光客能夠參拜神殿嗎!?」

「是的，她同意能夠參拜祭壇。但是，不可踏入內殿觀看祕儀。只有即位儀式或王室的例行儀式，才能讓接受招待的客人進入內殿。」

在場文官一片喧譁。

而我事前就聽過蘿絲報告，才能仔細觀賞文官們一個個驚呆的模樣。蘿絲見狀也露出愉悅的笑容。

「您成功見到祭主大人了嗎？究竟是如何做到？」

「我們在公眾溫泉見面的。」

「蘿絲公主，您親自去公眾溫泉嗎!?」

「是的，我拜託間諜去打探祭主大人的動向，得知祭主大人會在黎明時，去神殿附近的溫泉放鬆身心，只有在那時候我才能和祭主大人說上話。」

「我國的公主，竟然去了庶民的公眾浴池！」

文官們被突如其來的驚人事實弄得暈頭轉向。

「泡澡時無須拘泥禮數，要請求祭主大人，就只能趁這個時候了，祭主大人真的是位非常出色的女士。我邊幫祭主大人洗背邊聊著，就輕易取得她的認可了。不僅如此，她還說若有什麼困擾，隨時能找她商量。」

「太厲害了……不愧是蘿絲公主……就連離宮所有權一事，也是多虧她說服了貴族們。」

「呵呵，還有一件事。她向大陸上所有的歐墨尼得斯教會發出信函，說『歡迎前來參拜，想進入神殿參觀也沒問題。』」

文官們一同歡呼鼓掌。

「公主殿下！您實在是太厲害了！」

「這樣終於能招攬觀光客了！」

「況且儀式只要在新神殿再現就好了。」

「關於這件事……」

我站起發言。

「新神殿的工程大致完成了七成，差不多要找些熟練的工匠來完工，只是人事費和材料高漲，錢完全不夠用。我想向過去倒債的外國寄出催款函。」

「屬下擔心這樣沒用，過去已經寄了無數次。」

「那是因為前國王陛下隱瞞病情，使得判斷能力降低導致的結果。雖說當時取得陛下的許可，但真不該借出那筆錢，這都是我等文官們的疏失。」

「將我即位儀式的邀請函和催款函一同寄出。」

「什麼──向那些倒債的國家嗎!?招待他們參加即位儀式!?不可能!!這分明是向搶匪討錢啊!?」

賽巴斯汀發出哀號。

「只有在王族的儀式，才能招待客人進入內殿。內殿是離歐墨尼得斯女神最近的地方，還能觀賞真正的巫女舞來延年益壽，任誰都會想要去吧？哪怕是把倒債的款項還清也得去。」

我不懷好意地笑著。

建築工作伴隨著大筆的金錢流動，其中也常碰到賴帳的客人。碰到那種客人，我就會去包下馬戲團，然後只招待那些爽快付錢的客人觀賞表演，想從付錢不乾脆的客人手中拿到錢，這個方法是最棒的。

「他們有沒有可能只接受招待，最後還是不還錢？」

「不還錢他們哪有臉見女神？」

會議室中一片寂靜。

只聽到在場者發出感嘆的聲音。

「這說不定行得通啊……」

「就試試看吧！」

「不愧是王兄！」

「這都多虧蘿絲說服了祭主大人。」

「在下立刻製作邀請函和催款函並派使節送去。」

2 夥伴們

往返王宮和工地實在累人。

我一面喘得上氣不接下氣，一面詢問指揮施工的義父。

「我回來了……老爹，施工還順利嗎？」

「非常順利……雖然我想這麼說，可惜狀況不太樂觀。不僅材料短缺，連工人們也開始感到疲憊，基礎工程交給見習工匠是不成問題，但是時候招攬些熟練的工匠了。」

「這我明白……哦，他們正好來了。」

大約十名精壯的男子向我們走來。

一個個頭上捲著布條，身穿口袋塞滿釘子和鐵鎚的背心。

這些都是我流浪修行時的昔日夥伴。

真是令人懷念的面孔。

大夥用那幾經日晒的臉龐笑著對我說：

「維塞，好久不見啦。聽說你現在當了國王是吧。」

「收到你的信時可讓我嚇壞了。」

「竟然能親手打造新的神殿，這工作實在太棒了。」

「謝謝，這個是設計圖。」

「還真是樸實的建築啊。」

「現在完工將近七成了，但還有最麻煩的工作留著，大家幫幫我吧。」

「這些木材，我找附近的空地借放喔。」

「不好意思，多謝了。」

「聽說我們能住在離宮是嗎？你光薪水就給不少了，這樣真的好嗎？」

那幾個國家一收到邀請函，就急忙把之前倒債的借款付清了。那些錢就成了給工匠的報酬。

雖然命懸一線，現在總算是成事了。

「當然可以，離宮本來就是迎賓館。是招待外國嘉賓的地方。」

未來離宮將提供給有錢人住宿，好從他們身上撈錢。為此必須先做些行前練習，先拿過往夥伴來實驗過，才知道提供什麼程度的服務會恰到好處。

而且還得讓離宮的女管家和執事，先習慣接待庶民才行。

「我們竟然是嘉賓啊，真是光榮。」

「那當然，你們可是專程來幫我們蓋新神殿。相對的，等你們回國了，記得多多宣傳海德堡王國是個觀光的好去處。這附近還有免費的公眾溫泉，雖然我們會提供三餐，但酒錢和玩女人的錢可得自付啊，我國的娼婦可個個都是美女喔。」

「還有溫泉啊，真不賴。」

「我給你們介紹，這位是老爹。是我的義父，也是這個國家……不對，是大陸第一的工匠。指揮由老爹負責，而我從旁輔助他。」

「「「「初次見面，請多指教！」」」」

3 謠言

「聽說蘿絲公主本來是孤兒耶。」

「少騙人了，像她那樣高貴美麗的公主，哪有可能會是孤兒。」

「我聽說啊，是一個舞者說的，她說蘿絲公主小時候跟她一樣是靠乞討過活的，不知為何被國王陛下收養，才成為了公主。」

「這麼說來，我好像有看到告示。上面寫『蘿絲是假公主』。」

「那告示不會也是那舞者做的吧？」

「她不會有什麼毛病吧，說不定會因不敬罪被抓去坐牢。」

「若蘿絲公主真是庶民出身，那不知道有多好，這樣我也有可能當上公主呢。」

「其實啊，我也流有王族血統喲——」

「討厭啦，成天開玩笑的。」

4 來自他國的求婚

「明克斯王國的腓特烈陛下？向蘿絲公主求婚？」

我重複唸道。

「是的，他希望公主能嫁到明克斯王國。」

相較於滿面春風的文官長賽巴斯汀，蘿絲的表情則是一如往常。

蘿絲現在十八歲。

正值適婚年齡。

雖然我們倆沒有血緣關係，但依舊是兄妹。即使我們兩情相悅，終究還是無法結婚。

「腓特烈陛下是初婚，而明克斯王國是一夫一妻制。二十五歲的陛下也與公主相襯，況且他還是位美男子，這簡直是求之不得的姻緣。」

「為什麼向我求婚？」

「根據使節所述，之前維塞大人和蘿絲公主訪問明克斯王國時，他對聰明伶俐的蘿絲公主產生好感，與要人協商之後，才決定提出正式的求婚。想不到即位儀式後又要舉行婚禮，實在是錦上添花。」

喂，你別樂得那麼快啊，賽巴斯汀。

都還沒同意接受求婚呢。

「蘿絲，妳是怎麼想的？」

「這確實是求之不得的姻緣，我國必須和列支敦王國、明克斯王國維持友好關係才行。只不過，我的結婚資金已經用盡了，我擔心籌不出嫁妝。」

「不，妳不用擔心錢的事。從賽吉、卡莫米爾、拉班達、塔尹姆四國討回的借款，已充分填補國庫了，讓蘿絲出嫁的錢應該還籌得出來吧？賽巴斯汀？」

「是的，而且腓特烈陛下也說過，無須擔心嫁妝。」

「王兄，你希望我結婚嗎？」

當然不想，但是，妳不要結婚這種話，我說不出口。

再說，腓特烈陛下也是個聰明人，做為妹妹的老公，可說是完美不過的對象。

妹妹她對自己沒有王家血統，一直感到自卑，只要嫁給國王陛下，自然能消除這樣的缺陷。

「蘿絲妳自己決定吧，我不會反對的。」

妹妹聽了渾身一顫，嘆了一口氣，然後起身，用冰冷的眼神俯視著我。

唔……她生氣了。

而且是火冒三丈。

「賽巴斯汀，請向對方回覆『承蒙您的厚愛，我欣然接受』。」

「咦？蘿絲公主，這……真的好嗎？請恕在下失禮，以在下看來，您似乎不想接受……」

「我接受。」

「請恕在下三番兩次僭越，這可是人生大事，還請仔細考慮。」

「能嫁給這麼出色的對象，實在是太令人期待了。」

蘿絲說完便走出辦公室。

「慢著，蘿絲！別走啊。」

我急忙跟隨蘿絲的腳步，她生氣地走回自己的房間，並將房門緊緊關上，拒我於門外。

「……唔……」

在門即將關上之時，我窺見到蘿絲的臉因強忍哭泣而扭曲。

她，難道並不想嫁過去？

蘿絲要出嫁？

要被其他男人占有？

一瞬間腦中閃過蘿絲被腓特烈陛下強行壓制，神色充滿恐懼的模樣。

我不要！

蘿絲是屬於我的！

「喂，蘿絲，快把門打開！」

正當我用力敲著房門，門扉驟然從內側打開，害我差點跌入妹妹房中。

「王兄，能否請你安靜點，別吵到其他人？」

明明是我比較高，卻有種被居高臨下的錯覺。

蘿絲沒有哭泣。

但是，我看得出來。

這是她虛張聲勢時的表情。

「妳打算結婚嗎？」

「那是當然。我身為海德堡王族的公主，早已做好為了國家獻上貞操，甚至是性命的覺悟。」

「妳討厭我嗎？」

「……是的，我最討厭王兄了。」

「是嗎，妳是如此喜歡我，這叫我放心了。」

「!?為什麼會被你解讀成這樣!?實在令人難以置信！」

妹妹轉身背對著我。

我從蘿絲身後抱住她。

「嫁給我吧。」

我說了。真的說出口了。這沒問題嗎？我們，就算沒血緣關係也是兄妹呀。真的有辦法將蘿絲沒繼承王族血統之事保密到底，又能跟妹妹結婚嗎？

「你是認真的？」

「當然！」

我下定決心了，絕不將蘿絲讓給任何人，她是屬於我的。

總會有辦法的。

我一定會想出法子。

至今為止，不也是這麼過來的嘛。

「即使我們沒血緣關係，卻還是兄妹喔？還不能激怒明克斯王國喔？更別提得守住我沒繼承王家血統的祕密喔？」

「我可是維塞・齊默爾曼・海德堡一世，交給我吧。」

我用著極度自信的口吻回答，就像是告訴自己絕對做得到。

蘿絲沉醉於兄長的手臂環抱住腹部的觸感。

「說得也是，王兄你總是會有辦法。」

兄長靠著小手段、虛張聲勢和氣魄，跨過了各種難關。新神殿即將落成，就連國庫收入也重回軌道，現在甚至不需通行費就能使用鄰國的街道。

今後我國將湧入觀光客，繼續性獲得觀光收入，並使國民富足。

「這都要歸功於蘿絲，因為妳接下最困難的交涉任務。我喜歡妳，請和我結婚。」

「想向我求婚，請先將所有問題都解決了再說。我可不是那麼廉價的女性，我是蘿絲・奧拉・海德堡，我國最高貴的公主。」

「哈哈哈，這才像蘿絲嘛。對腓特烈陛下那邊，就說等即位儀式告一段落再行回覆吧。這段期間我來動點歪腦筋……我就做給妳看，我一定會排除萬難。」

兄長是從背後抱住我，雖看不見他的表情，但他那如頑童般的笑臉簡直歷歷在目。

在尾骨附近，似乎被某個熾熱的棒狀物頂著。

「看來在那之前，得先處理一下王兄的這根東西呢。」

我像是跳華爾滋般在兄長懷中轉身正對著他，光是輕撫兄長的股間，他便縮起身子嗚地叫出聲來。

「你想要我做些什麼呢？口交、手交還是乳交？我什麼都為你做喲。」

「就算妳瞪著我說這種話……該死，怎麼有種被鄙視的感覺……」

「啊——夠了，真是有夠煩人耶♡！你這下賤的傢伙！有什麼要求就快點說啦！」

「能自慰給我看嗎？」

「什麼⁉」

「因為妳之前不是說過，平時都是想著我自慰的嗎？當時我聽了真的好開心，所以想知道妳都是怎麼做的。」

「差勁！你怎麼會如此低級⁉」

蘿絲羞紅著臉勃然大怒。然而，她光是想著就不禁感到興奮，私處也跟著淫漉起來。

（竟然要讓王兄，看我如此羞人的模樣……）

要是做了肯定是無比舒服，明明害臊得滿臉通紅，子宮卻發出陣陣疼痛。不可思議的高昂感，讓身體輕飄飄的，就好像浮在空中一般。

「哼、哼哼♡王兄什麼的，最討厭了♡你怎麼不趕快蒙主寵召♡」

蘿絲氣歸氣，最後還是坐到床上。而維塞則興高采烈地站到床旁。

蘿絲慢慢掀起裙襬，將內褲脫至膝處，兩腳膝蓋被捲成一團的內褲連結著。好害羞，身體內側熱得隱隱作痛，肌膚也被汗滴濡溼了。

「嗯……哈……哈……明明這麼害羞、明明這麼害羞……王兄竟然會要求這種事，實在太沒教養了！」

（今天蘿絲罵人的用詞真是格外有趣。）

我聽了險些失笑，但勉強忍住了。

蒙主寵召，沒教養……

差點弄得我肚子痛。

「啊……啊啊、哈……好丟臉♡……快羞死人了♡……哈……」

妹妹坐在床上，抬起上半身和膝蓋，用手指撫弄著私密處。

那樣子就像是在私塾運動時的體育坐姿，可我從未想過會如此情色。

蘿絲將指尖呈V字，大大地撐開陰脣，接著將右手食指和中指併攏插入穴內，並用拇指刺激陰蒂。

咕啾、嚕啾、嗶啾。

抽送發出了細微的水聲，空氣中飄散著瑞可塔般的香氣。

「啊啊……哈啊♡……哈啊……♡啊啊……好害羞♡……」

肉穴被蘿絲的手遮住看不清楚。不過，妹妹因雙頰泛起暈紅更顯性感。

即使內心與羞恥交戰，仍決定順從我命令的蘿絲實在太可愛了。

「嗯……嗯……哈、哈♡……好丟臉……明明覺得丟臉♡……」

蘿絲將禮服的前釦解開，把手伸入衣襟搓揉胸部。

右手玩弄肉穴，左手撫弄著胸部，用著快哭出來的神情發出嬌喘。

妳根本玩得很樂嘛。

「妳看起來這麼享受，該不會光自慰就要高潮了吧？看來是不需要我的老二了。」

我把褲子拉開掏出分身，自褲子壓迫中解放的肉棒晃啊晃地朝天挺立。

蘿絲見了神色大變。

發出了咕嚕的吞嚥聲，並飢渴地喘息著。

「我想要♡……」

維塞聽了心情大悅。

開始用手套弄分身，使它變得更加巨大。

（啊啊，怎麼辦♡好想舔，好想插，好想含♡）

蘿絲自床上跳下，她的腳被纏在膝蓋的內褲絆到，險些就跌倒了。她急忙將礙事的內褲脫去，接著抱住兄長的下腹部，以臉頰磨蹭男根撒嬌。

「王兄♡王兄……最喜歡你了♡王兄……」

雖然臉頰被肉莖拍打，然而這對她而言只覺得舒服。

「拜託♡王兄，讓我舔♡……」

「好，妳舔吧。」

蘿絲聽了馬上舔起龜頭。

此舉都使她的子宮和肉壁發生痙攣。

就連乳房也開始脹大。

現在她滿腦子只想快點將這又粗又大的肉棒，全部納入自己的身體。

「咧嚕、啾♡……嗯嗯♡……咧嚕咧嚕……」

蘿絲用乳房擠著兄長的膝蓋，並不斷舔弄往上翹起的龜頭。

「慢著、蘿絲，這樣有點難受，把它含進去。」

蘿絲把頭髮撩至耳後，將龜頭含入口中。

「嗯、咕啾、啾♡……」

蘿絲發出了啾噗啾噗的吸吮聲，在她細細品嘗了前端的果實後，才將布滿蚯蚓般血管的肉莖，慢慢地含進去。

「欸咕……」

或許因為一口氣挺到喉嚨，害她差點嗆到，她急忙將頭往後縮。

「嗚……」

兄長發出喘息。

（王兄喜歡這樣，他覺得舒服。既然如此，我就繼續為他服務。）

蘿絲的頭開始前後擺動。

「嗚嗚……」

（不妙，實在是太爽了。）

蘿絲她就好像把自己的嘴當成小穴，前後擺動吸吮著肉棒。

啾噗啾噗……咕啾咕啾……

她用嘴向前突出的醜臉，奮力吸著我的肉棒，弄得美麗的臉龐充滿唾液。而我的膝蓋和大腿則享受著胸部的綿軟觸感，才稍微用膝蓋擠壓胸部，蘿絲就露出快哭了的表情。

「怎、怎麼了？」

「胸部、好舒服♡……害得人家停了下來……不過，我又想讓王兄舒服♡……我已經不知道，到底該怎麼辦了……」

嗚哇，好可愛。她怎麼會如此可愛。

我拍了拍蘿絲的頭。

她難過的表情便瞬間融化。

不光是刺激胸部和私處，就連摸頭、頸部、背後跟屁股，都能讓她產生快感。

「不用想那麼多啦。」

「下面跟嘴巴……都想被王兄的精液填滿♡……最喜歡你了♡王兄……」

蘿絲再次將肉莖深深含入，啾、啾地吸吮起來。

「啾、啾噗啾噗♡啾嚕嚕、咧嚕♡！」

我看就連娼婦也做不出吸吮如此強力的口交。

簡直像是要硬把精液從裡面吸出來。

「唔嗚嗚……」

瞬間腰部發出顫抖。

妹妹見狀便眼睛向上望著我。

表情像是敘述著「要讓我喝了嗎？」。

「啾」。就在她再次吸吮時，我迎來了極限。

嘟噗！

精液如泉湧出。

嗚哇，糟糕，射進她喉嚨了。

「咳噗！」

妹妹痛苦地將肉棒吐出，吐出時還不小心碰到她的牙。

美麗的臉龐濺滿了白濁液。

蘿絲再次將肉莖微微含入，把殘留的精液吸入口中。

嘟咻！咻、咻嚕！

身體忍不住直打哆嗦。

這感覺就像是用我的精液抹遍蘿絲的一切。

射精終於止息，肉棒一從妹妹的口中鬆開，蘿絲便用手摀住嘴巴，頭朝上仰，咕嚕一聲把口中所積的精液飲盡。

射精的快感過度強烈，使得不安就如反動般向我襲來。

（這說不定是最後一次了。）

該如何解決所有問題，至今仍未浮現任何點子。最糟糕的結果，就是國家破產，而蘿絲必須出嫁。

（別想了。至少現在，最起碼現在，把錢的事忘了盡情享樂。）

蘿絲忽然舔拭我的陰毛。

「妳幹麼？」

「誰叫精液還沾在上面，得打掃乾淨才行♡」

她不止陰毛周圍、肉棒根部沾到的精液，就連陰囊都幫我舔過一遍。

最後妹妹甚至還舔了我的後庭。這不知是癢還舒服，又或者說是痛癢交織的觸感襲來，令我的分身又再次堅挺起來。

「不用做這種事啦。」

嚇得我整個慌了。

「好苦──！」

妹妹急忙拿起水壺倒水，把水一飲而盡。看她那張實在嫌棄的表情，真叫我哭笑不得。

原來，屁眼是苦的啊。

屁眼……

我按著蘿絲肩膀，讓她上半身趴著跪在床上。

即使把禮服裙襬掀起，蘿絲也沒有排斥。

「討厭，好害羞……好害羞……啊啊……」

嘴巴雖然這麼講，她的屁股卻翹起，像是催促我快點插進去。

由於直到剛才她都在自慰給我看，小屄已經完全鬆開，蜜液也橫流不止。

我抓住臀部山丘左右撐開，露出了屁穴。我們的公主大人，就連後庭也是美麗的粉色。

過去我對肛交沒有丁點興趣。

但現在，我想將蘿絲的一切占為己有。

畢竟可能是最後一次機會了。

「王兄……？」

蘿絲開始焦急了。

好想要他快點摸我。想把整支肉棒埋入體內，想要他的精液射滿子宮。

然而兄長卻一直抓著我的臀部，直盯著股間看。他的視線弄得我全身發癢，羞恥心轉化成快感，使得貪欲不斷膨脹。

「別再挑逗我了♡……王兄♡……」

我搖著屁股催促，王兄終於用手指撫弄我的小屄。

然後拭取蜜液，塗在後庭上。

「你在做什麼呢？王兄？」

「我想用這裡做愛。」

兄長反覆地從我的私處沾取蜜液，塗抹在屁穴上。

「咦？騙人！你是開玩笑的吧!?」

「我認真的。」

「不要！討厭，那種事、太噁心了!!」

蘿絲向後揮去兄長的手指，正想站起身子時。

啪！

維塞拍了蘿絲的屁股。

屁股被拍並不會感到疼痛，但總覺得氣勢與之前不同。

啪啪啪！

打屁股其實就是愛撫。是確認彼此相愛的行為，所以蘿絲並不討厭屁股被打，就跟接吻拍頭是一樣的。

不過，現在的兄長，像是抱著必死的決心。

在突如其來的拍打結束後，蘿絲便問道。

「王兄，你究竟是怎麼了？和平常不太一樣。」

「我想將蘿絲的一切，都占為己有……至今都像是在走鋼索，我好怕。一想到這次可能真的失去蘿絲…………老實說，我根本不是當國王那塊料。」

兄長的聲音像是快哭了出來。

（原來王兄內心是這麼想的……）

兄長一直都充滿自信，總能想到出乎意料的點子並實行，最後掌握成功。

（我也是一樣。被祖父大人收養時，滿腦子只想著要成為出色的王族，整天戰戰兢兢。）

「……嗚哇，我到底在講什麼啊。我……真丟臉……！明明得在大家面前，扮演著充滿自信的國王……維塞陛下才行……」

「王兄……你想做什麼都行。請用我的身體，來紓解王兄的疲勞。請占有我的一切……我愛你♡王兄。」

「我也沒有試過肛交，真的可以嗎？」

「沒關係。只要是王兄做的，任何事我都願意接受。因為我是要成為王兄妻子的女人。」

（可惡。為什麼我的妹妹，會如此有男子氣概啊。）

即使是上半身趴著跪在床上，屁股往上翹高，露出尻穴和小屄，蘿絲依然是英氣煥發。

「請盡情弄痛我吧，王兄！如果是為了王兄，我，即使是粉身碎骨也無妨！」

維塞聽了興奮不已。

接著繼續拍打妹妹的屁股。

「嗚……啊啊……好痛……」

無條件地愛著維塞，不論他難為情還是示弱都一併接受的存在，那便是妻子。

（我，終於擁有了家人……）

雙親因傳染病去世後，我被義父所收養。義父對我非常嚴厲，建議我去各地修行的也是他。

過去我一直在尋找，願意接受我的缺點，且溫柔包容我的女人。然而酒店的大姊、娼館的娼婦，那些都不是我理想中的女性。

蘿絲年紀雖比我小，卻有著非凡的器度。

畢竟她是位公主，有器度好像也理所當然。

所謂的王族，必須關愛全國的國民。

大概打了十下，我便開始撫摸臀肉。一不小心用力過頭，屁股整個紅得發燙。

「嗯、啊、哈♡……嗯……哈、哈啊♡♡……」

「感覺怎樣？會痛嗎？」

「麻麻的♡……啊♡嗯……嗯嗯嗯……有點癢♡好舒服……」

蘿絲看起來飢渴焦躁，蜜液也從肉穴中滴落。

當我搔起她的側腹，布滿皺褶的後庭，便慢慢張開來。

接著我對準尻穴，將手指插入。

「啊嗚……」

「嗚哇，好緊啊。」

「我、我到底，該怎麼做？」

「深呼吸，放輕鬆點。」

蘿絲緩緩舒了一口氣，我趁機將手指滑入深處。

「啊、啊啊……感覺好癢，好不舒服……」

我試著用撫摸屁股、搔側腹癢，來讓蘿絲產生快感，並慢慢用手指弄鬆尻穴。

蘿絲開始抓住床單發出嬌喘。

「啊啊、不、不要♡……哈、嗚、嗚嗚嗚、咕……」

「會痛嗎？」

「感覺……嗚……好不舒服……」

我繼續用手指弄鬆這個過去只用於排泄的部位，試圖慢慢將它撐開。撫摸因拍打而酥麻的屁股所生的快感，以及後庭被手指入侵的不適，使得蘿絲難以思考。

「好害羞♡……啊、好難受！」

當入侵的手指從一隻增加為兩隻時，痛楚明顯地提升了。

最後增為三隻時，就好像是腹部被攪弄一般，甚至讓人產生嘔吐感。

然而最令人難受的是羞恥感，雖然羞恥視狀況能轉變成甘甜的快感，但現在就如同身體內側被窺探似的，讓人羞得想趕快消失。

「拜託，快、快點做完……」

拜託趕快結束吧。

「好，我要插了。」

肉棒抵著肉穴入口處。

嚕噗噗！

兄長插進了小穴。

「啊啊啊啊♡！好棒♡！好♡舒服♡♡！」

又硬又大的肉棒，刺進肉穴的觸感，就只令人感到舒服。

（太好了。王兄他，原來只是捉弄我。）

當我鬆了一口氣，沉浸在龜頭頂到子宮口的快感時，兄長將肉棒拔出。

「欸欸欸，為、為什麼!?不要拔出來！」

蘿絲發出悲鳴。

期待已久終於插進來的肉莖，在還沒充分享受就拔出來，使得她張皇失措。

接著維塞用龜頭抵著尻穴。

「不、不要，不要……」

他用力抓著蘿絲的屁股兩側，一口氣將分身挺入後庭。原來插進小穴只是為了增加潤滑而已。

「嗚、咕！咕！咿、噫咿……啊……」

纏滿蘿絲愛液的肉莖，發出下流的水聲，強行擠入了直腸中。

「嗚、好緊、這！進不去，嗚……」

男根小幅度地前後擺動向深處侵入，直到頂至尾椎處才停下。

「不，好、好痛……啊咕、不、不要，屁股、要裂開了！」

蘿絲整個人向前臥倒。

她只感受到劇烈的疼痛、壓迫感和膨脹感，沒有絲毫的快感。其中最叫人難受的，就是腹部像被攪動了一番，使便意不斷膨脹。

（怎麼辦，是不是該停下來呢？）

維塞感到不知所措，全因蘿絲看起來十分痛苦。

炙熱黏滑的直腸擠壓著肉莖的觸感實在是太舒服了，光論緊實度就比小穴高上太多。

即使想繼續享受，這個與尋常性愛截然不同的快感，他也不打算讓妹妹受苦。

「抱歉，我要拔出來了。」

正打算將腰往後擺拔出肉棒時，蘿絲發出陣陣哆嗦。

「不要拔出來♡！」

「欸？」

「不用♡沒關係♡好舒服♡♡♡！」

蘿絲將屁股抬高。直腸黏膜，再次將肉棒納入其中。

我完全混亂了。蘿絲竟然發出甜美的叫聲，剛才看起來明明如此疼痛。真的能插進去嗎？

儘管猶豫，也只能繼續做下去了。

因為蘿絲表現出的喜悅，實在是太過誇張。

「那我繼續了，沒問題吧!?」

「插進來、啊啊♡拔出來的時候好舒服～」

維塞用力抓著妹妹屁股的兩側固定住，再次將肉棒挺入。

「咿咕！不行，要、壞掉了，住、住手！啊啊啊、要出來了！」

「什麼、嗚……要出來了？」

只要稍有鬆懈，肉莖就會被尻穴的痙攣推擠出去。

「啊啊、好棒！好舒服、太舒服了!!」

妹妹交互傾訴著快感與痛楚。

似乎是擠入時會感到痛苦，拔出時則覺得舒服。

此時不論蘿絲是否痛苦，哪怕維塞會因此感到心痛，他也停不下來了。因為他想將蘿絲的一切，全都占為己有。

蘿絲緊抓著床單嬌喘。

「好舒服♡好棒、太爽了♡……不行、好痛苦，屁股要裂開了～」

插入時會產生劇烈的便意和劇痛欲裂的感覺，抽出肉棒時，則會有類似如廁般令人陶醉的暢快。

「嗚、嗚嗚、嗚——」

兄長用力擺動腰部並發出呻吟。

腰部碰撞時的肉聲，以及尻穴發出的淫蕩水聲重疊在一起。

「不行、好痛！……啊啊啊、好棒♡好舒服♡……討厭、不要，好痛、好痛、好痛呀!!」

因拍打而紅腫的屁股，被兄長下腹部壓迫時也同樣會感到痛楚。

蘿絲被甘美陶醉和劇烈苦痛，這兩種極端的感覺交互玩弄著，光是支撐住身體就用盡全力了。

就在兄長緊緊掐住屁股，再次將男根挺入時，痛苦驟然轉變為快感。

「咦、咦咦咦？這是什麼!?啊啊♡好爽♡好舒服～」

這就跟滿杯的液體，只需再加入一滴水便會滿溢而出相似，至今從未感受過的濃縮快感向蘿絲襲來。

「啊啊啊、好舒服，王兄、王兄、太舒服了!!」

兄長頓時間感到困惑停下動作，接著反而變本加厲地擺動腰部。

屁穴不斷被挺進，使得快感達到顛峰。

舒服到簡直快要抓狂了。

這根本比普通的做愛還要厲害。

「不行、不行！要洩了，最喜歡你了♡……啊……王、王兄♡！」

身軀被前後搖擺，眼底迸散出火花。

抽插子宮的快感，就像是一步步登上臺階。不過肛交，卻是舒服和不適感交互來回，最後快感瞬間噴湧而出。

蘿絲只得任由這劇烈的動盪擺布。

眼前被一片銀色渲染，什麼都看不見。

「要去了——！」

蘿絲的身體一陣痙攣。

「嗚！」

維塞的肉莖，給妹妹的直腸黏膜糾纏，緊緊勒住。正因為和肉穴的皺褶不同非常滑順，被絞住的刺激才會強烈得感到疼痛。

嘟噗！

維塞猛然射精。

「嗚、唔嗚、嗚——」

精液不斷噴湧。

將精液注入蘿絲尻穴的快感，強烈到難以想像。

（我能做到，肯定行的。）

高昂的情緒令維塞不禁如此想著。

嘟咻、咻、咻嚕!!

蘿絲不知是否失神了，身體僵硬毫無動靜。

她身穿禮服，只能看到背後跟頸部，以及粉色亂髮和染成嫣紅的耳朵，不過因肛交達到高潮，最後失神過去的妹妹實在是過度性感且惹人憐愛。

待射精終於平息後，維塞將肉棒拔出。

啾噗。

妹妹整個人俯臥在床。

被撐開的屁穴不斷收縮。

濃稠的精液從中流出。

維塞拿著沾溼的布擦拭男根，並將衣服穿好。

蘿絲也慢慢起身，整理儀容。

「啊啊，腰好痛。」

「抱歉。」

「沒關係，王兄。請將一切問題都解決吧，我期待你的表現。」

蘿絲抓著禮服裙襬，行了王族禮。

維塞忍不住露出微笑，她的舉止高貴且充滿氣質，實在難以想像剛才還被玩後庭。

此時傳來了敲門聲。

「我是賽巴斯汀，請問維塞大人在這嗎？馬戲團的老闆和舞者的教練求見。好像出了點問題。」

問題？能有什麼問題？

蘿絲也眉頭深鎖，露出不安的神情。

「知道了，我馬上過去。帶他們到覲見室。」

第六章　大逆轉！妹妹成了我的妻子兼女王陛下

1　底波拉的決心

我將一張張紙貼在牆上。

『蘿絲是假王族。』『蘿絲原本是孤兒。』『蘿絲是大騙子，絕對不能放過她。』

這是我請代書人寫的海報。

「那個叫底波拉的女人，怎麼又貼假消息了。晚點得趕快撕下來。紙那麼貴，況且又沒幾個人識字。」

「幹麼做那種蠢事啊，她是不是腦子不清楚，還是生病之類的。」

周圍的人竊竊私語。

為什麼大家都不肯相信我說的話？

克拉拉和我明明都一樣。本來是孤兒，以行乞為生，靠著和同伴互助才能活下來。但是為什麼，我只能當個舞者，她卻成為公主？

我過度專注在貼海報上，不小心練習遲到。

「我遲到了，對不起……」

我慌慌張張地進入練習場，發現琳達正跳著我負責的舞步。

「喂，琳達！這環節是我負責的！」

琳達無視我，繼續踏著舞步。

平時遲到一分鐘便會大發雷霆的教練，也一言不發。

其他舞者更是視若無睹。

「快給我讓開！」

我將琳達撞開。

「還不都是妳的錯！」

只聽見啪的一聲，我的臉頰逐漸發燙。

琳達打了我一巴掌。

而我也對琳達還以顏色。

「妳還敢回手！」

兩人就這麼扭打成一團。

聽到爭執聲趕來的老闆說了這麼一句話。

「底波拉，今天起妳負責打掃。」

「這太過分了，我分明練習了這麼久！都要進入彩排了……」

我是如此期待站上新神殿的舞臺表演，竟然在這時候把我撤換。

「這次的巫女舞，是來自王宮的委託。妳們的薪水，也全是王宮支付的。而我無法讓妳登上舞臺的理由，妳應該心知肚明吧。」

我回到宿舍，躺在床上思考。

相較於我國公主是不是孤兒，當然是工作更加重要。

總之先道歉吧，然後繼續做我的舞者。

我再次回到練習場，打算向大家說聲「對不起」。

「底波拉唱歌那麼好聽，派她去打掃實在暴殄天物。就算不能讓她跳舞，唱歌總行吧。」

「我反對，我現在根本不敢讓她踏上舞臺半步。她要是在舞臺上大喊蘿絲是假公主，我們可全完了。馬戲團肯定關門，而大家通通失業。我們可是好不容易，才當上王宮御用的表演者啊。」

「底波拉何必撒那種謊啊，她明明是個好舞者。」

我不經意聽見老闆和教練兩人的對話。

「我才沒有說謊！」

我憤怒地搥打牆壁，將樂器踹倒。

劇烈聲響一瞬間嚇到教練，然後皺起眉頭，露出「看到沒，我就說吧」的表情。

「底波拉，妳給我滾蛋。限妳在一週內整理行李離開宿舍。」

老闆如此大喊。

幾個男雜耍師壓制住大鬧的我，並將我趕出練習場。

我已經失去一切了，這全都是克拉拉害的。

給我記著，我一定會拆穿妳的真面目，讓天底下的人都看清楚！

2最後一道門檻

老闆和教練走出謁見室後，房間裡一片死寂。

「不如雇用暗殺者吧。」

賽巴斯汀冷冷地講道。

「請他們殺了那個名叫底波拉的舞者。」

「不要這樣，底波拉她又沒有說謊。」

「可是公主殿下，再十天就是即位儀式了。在外國王族聚集的場合裡，若是有人大喊蘿絲公主是假王族的話，即位儀式肯定會被弄得一團亂。若是您不同意暗殺的話，乾脆以不敬罪之名義抓她去坐牢。也不需要關她一輩子，只要關到即位儀式結束就好。」

蘿絲低頭緊咬下脣，表情十分凝重。

我也陷入沉思。

就沒有其他的辦法了嗎？

在即位儀式前忙得焦頭爛額的時候，就連蘿絲的結婚問題都還未解決，又落下新的難題，我的腦子都快炸開了。

「我來向大家解釋，其實我沒有王族血統。」

蘿絲勉強地擠出這句話。

「這可不行。」

「萬萬不可。」

我和賽巴斯汀同時說出。

「王族必須是特別的存在。正所謂君權神授，這才是王族。」

「維塞大人說得正是。蘿絲公主，若是您和盤托出，我們便無法贏得國民們的敬愛。」

等等喔。向大家開誠布公，這說不定是個好主意。不止底波拉會就此罷休，還能同時解決蘿絲的婚姻問題。

「蘿絲，祭主大人曾說過『若有什麼困擾，隨時能找她商量』是吧？」

「是的。只要我去神殿找她，她便會助我一臂之力。」

「賽巴斯汀，我確認一下，祭主大人是靠占卜選出的，現任祭主原本是孤兒，一夕之間就成了祭主對吧。」

「是的。」

「我們向祭主大人求助。」

「什麼意思？」

「我們請祭主大人在公開場合，說蘿絲妳是自幼被壞人誘拐，最後王宮向祭主大人求助，憑藉占卜才查出妳的下落。而底波拉，就說她是蘿絲流落街頭時幫助她的善心少女，並給予她褒獎。」

「公開場合，是指？」

賽巴斯汀問道。

「舞者們差不多要在新神殿彩排了。到時候以公開表演的方式進行。把貴族、祭主大人、神官長通通找來，最好讓庶民也能入場。至於蘿絲的婚禮，也拜託祭主大人，以占卜時顯示不祥之兆為由反對。我想蘿絲妳肯定能夠說服祭主大人。」

「當然可以，我可是蘿絲・奧拉・海德堡，我國的公主殿下。我一定會說服祭主大人的。」

「這真是妙計。又或者說，目前也想不出其他方案了。」

「賽巴斯汀，拜託你做好準備。」

「在下明白。」

「我現在就前往神殿！」

「在下去準備將練習以公開表演的形式進行。」

「我去找馬戲團老闆談。」

此時的我，還沒發現這其實是一步險棋。

3女神轉世

「真是期待巫女舞啊。」

「但這不是真正的巫女，而是舞者在跳吧？聽說這是給觀光客看的秀，會比神殿跳的巫女舞還要華麗。而且不光是群舞，還會有歌曲表演。」

「竟然能搶在觀光客之前觀賞還真不錯啊。」

庶民們陸陸續續步入新神殿。

對舞者來說只是正式開演前的彩排，對庶民而言卻是難得的娛樂活動。所有人眼中都散發出期待的光芒。

「真是漂亮的建築。剛蓋好，還飄散出陣陣木頭香味。」

「好寬敞啊，女神雕像也十分細緻。這個歐墨尼得斯女神，長得好像蘿絲公主啊。」

「真的耶，一模一樣。」

這座新神殿裝潢相當樸素，裡頭只設置了舞臺，舞臺兩側擺放了雕像。然而，歐墨尼得斯女神的雕像為這毫無矯飾的舞臺增添了莊嚴。

那些是我流浪工匠的夥伴們所雕刻的，不愧是以蘿絲為藍本所製，實在是非常美。

舞臺的周圍，被座椅所圍繞著。

入場的庶民比肩接踵，甚至有人直接席地而坐。

當貴族們、我還有蘿絲、神官長和祭主大人入場時，庶民們紛紛站起鼓掌。

「那個老奶奶是誰？」

「拿錫杖的那位，就是祭主大人吧。」

「咦——？祭主大人，不就是整個神殿最偉大的人嗎？我還是第一次看到。」

「那當然，她只有在即位儀式會出現在庶民面前。」

「蘿絲公主今天也好美啊。那件輕便的禮服好可愛。」

「維塞那傢伙，還在裝模作樣，倒是有國王的派頭。」

「貴族們也都來了，不會三十四家通通到齊吧。」

「感覺光看到這個排場，就已經心滿意足了。」

「有這麼多嘉賓聚集在此，就證明了這表演有多麼重要。」

我坐在椅子上，看向身穿白衣的祭主大人。對她的第一印象，是位嬌小和藹的老奶奶。雖說她似乎挺中意蘿絲，但畢竟年事已高，有點擔心她會不會依照我們的請求行事。

樂師們紛紛出現並在舞臺後方坐成一排，一個個拿著弦樂器、笛子和太鼓。就在音樂奏起的同時，舞者們一躍登上舞臺。

觀眾無不熱烈鼓掌。

十名身穿白衣的舞者，光腳踏著步伐，開始起舞。

涓涓細流般的優美旋律，搭上如風律動的輕快舞蹈。

「多麼美麗……」

蘿絲不禁驚嘆。

明明是和神殿的巫女舞相同的動作，換成熟知吸引目光的職業舞者來跳，便化作一場華麗的表演。

所有人屏息凝神，關注著精采的舞蹈。

就在表演結束，音樂止歇，舞者們就地蹲下，新神殿被寂靜所包圍的那個瞬間，有個聲音響起。

「蘿絲是假王族！」

全場嚇得東張西望，尋找聲音來源。

舞者和樂師也僵在舞臺上。

發出聲音的人正是底波拉。她就坐在觀眾席的正中央。真不愧是歌手，聲音清晰洪亮。我笑了笑，心想一切都如計畫進行。

剩下就看祭主大人的表現了……

「蘿絲和我一樣是個孤兒，五歲為止都是靠行乞維生！那女人根本不是什麼公主!!」

在場之人都聽得一頭霧水。

而守衛們展開行動欲壓制底波拉。

「肅靜！」

祭主大人以錫杖敲打地板，並大聲喊道。

「我以占卜知曉，蘿絲並不是王族。」

這老太婆，她在說什麼鬼話。

跟計畫完全不同啊！

她是犯痴呆了嗎!?

「蘿絲公主，乃是歐墨尼得斯女神轉世！」

祭主大人驚為天人的發言，使得貴族們、神官長、底波拉、想抓住底波拉的守衛、蘿絲本人，甚至在牆邊待命的賽巴斯汀，都嚇得目瞪口呆。

我也因過度震撼而僵住。

她，剛才說了什麼？

蘿絲是女神轉世？

女神!?我妹？

「這怎麼可能……」

「不過我聽說，祭主大人的占卜，從來沒出錯過。」

「傳說女神歐墨尼得斯大人，是降臨於平民之中。」

「而王族正是女神的後裔。」

「女神的雕像，也和蘿絲公主一模一樣!!」

那是因為我的夥伴們，就是以蘿絲為模特兒雕刻的啊。

「女神過著平民的生活肯定吃了不少苦吧。」

神殿裡吵得沸沸揚揚。

冷靜點啊我，先深呼吸。

該怎麼辦？

怎麼做才是最好的。

我在一瞬間整理好思緒，並起身大喊。

「根據祭主大人的占卜。蘿絲，乃是歐墨尼得斯女神轉世！」

本來嚇得呆若木雞的底波拉，甩開守衛的手大喊。

「騙……」

她八成是想喊騙子吧。

我以蓋過她聲音的音量接著講下去。

「我們必須為底波拉女士獻上感謝。蘿絲能夠平安活下來，都是多虧了底波拉女士，還請她收下這筆賞賜。」

在牆邊待命的賽巴斯汀走向底波拉，把皮袋遞給她。

底波拉收下這塞滿第納爾金幣的皮袋後難掩雀躍之情，心滿意足地坐了下來。

她或許是打算把表演看到最後吧。還能見到她向皮袋內窺探而竊竊欣喜。

我牽著蘿絲的手，將她帶上舞臺，並小聲告訴她。

「配合我們演下去，知道了嗎？」

「我明白。」

「各位，蘿絲有話想和在場的大家說，還請仔細聆聽。」

蘿絲站到舞臺中央，面向國民們笑著說：

「各位，我曾經是孤兒。直到五歲都在街上流浪，祖父大人收養了我，並將我培養成一名王族。雖然根據祭主大人的占卜，證明了我乃是女神的轉世，但我與在場的各位一樣都是人。我希望能與大家攜手共創更美好的國家。」

「七天後的即位儀式，將由蘿絲繼承王位。」

賽巴斯汀一聽，眼神整個驚呆了。

表情像是訴說著「我怎麼都沒聽說」。

我也沒聽說啊，不過照這情勢只能演變成這樣了。

這個國家的領導者，比起平民出身的我，美麗高貴又充滿威嚴的蘿絲才更加合適。

雖說沒有女王即位的前例，相信不會有人反對。誰叫蘿絲可是女神。

臺下一片歡聲。

「蘿絲女王陛下——！」

「蘿絲大人！」

「女王陛下萬歲！」

蘿絲拉著裙襬屈膝，行了王族禮。

看得我也不禁發出感嘆。

「今天還請各位好好享樂。」

我拍手打了暗號，在舞臺側邊待命的歌手便走出來，開始獨唱讚頌女神的歌曲。一名舞者準備了椅子，請蘿絲坐下。蘿絲就坐在舞臺上觀賞。祭主大人也一臉滿足地點了點頭。

表演從正式上場前的彩排，改變為獻給女神的歌舞，一口氣將表演拉到最高潮。

4 即位，從此登上幸福顛峰

祭主大人親手將王冠戴到蘿絲・奧拉・海德堡女王陛下頭上。

右手拿著珠寶，左手握住王錫，頭戴王冠，身著長禮服披著斗篷的蘿絲實在美若天仙。

而且不光是美麗，同樣讓人感受到威嚴和慈愛。

那還用說，蘿絲可是歐墨尼得斯女神的轉世啊。

神官長在前導引，和女王陛下兩人走在緋色的地毯上。

而我，就跟著走在妹妹身後，並看著坐成一排的來賓。在諸外國的王侯貴族之中，發現了明克斯王國的腓特烈陛下。他兩眼發亮地直盯著蘿絲看。

最後腓特烈陛下撤回了求婚，說「以我國的器量，還不足以接受神之至寶」，我看八成是知道蘿絲不止當上女王還是女神轉世後退縮了。

列支敦國王約阿希姆陛下也在。之前還不斷向蘿絲示好，現在似乎完全放棄了。

得知前國王生病時，抓準機會向我國借錢又倒債的賽吉王國、卡莫米爾王國、拉班達王國和塔尹姆王國的王族也在。

他們帶來的禮金還不是筆小數字。充分地滋潤了我國國庫，現在甚至多了兩年份的年度預算。

走到神殿入口便止步的蘿絲，面向祭壇，向祭主大人行禮。

祭主大人敲了敲錫杖。

我也模仿妹妹向她行禮。

祭主大人以溫柔的眼神看著蘿絲。

她究竟是為了中意的蘿絲，才靈機一動撒了謊，又或者是真的接收到蘿絲乃是女神轉世的神諭，這些都無從得知了。也說不定真的只是犯了痴呆。

我們離開神殿，坐上沒有頂蓋的馬車。

和過往穿的小禮服不同，穿著長禮服要坐上馬車似乎挺麻煩的。

馬車發出喀啦喀啦的聲音遊走於街道上。

「蘿絲公主。」

「女神。」

街上的庶民紛紛揮手。

雖說我也身穿正裝坐在馬車上，但大家似乎只關注在蘿絲身上。

「是底波拉呢。」

「還真的是。」

底波拉穿著庶民風的禮服，露出平穩的表情揮手。真不愧是舞者，姿勢非常端正，即使被藏在庶民之中也十分顯眼。

「聽說底波拉回到馬戲團了。明天的獻神舞，底波拉也會演出。」

「那真是太好了，畢竟底波拉又沒做錯事。」

馬戲團的孩子們整齊列隊唱著歌。

歌詞內容是讚美女神。

這些都是在敲詐列支敦王國約阿希姆陛下時，大顯身手的孩子們。

不愧是小小年紀就憑一己之力賺錢，比周遭的大人都還要守規矩。

義父也在人群中。

「老爹──」

我向義父揮手，老爹依然面無表情站在原地，但我看得出來，那是他心情極好時的表情。

雖然我有派使節邀請他參加晚餐會，他卻以『我只是個工匠。哪能參加什麼王宮餐會。告訴維塞，叫他偶爾回家。到時候再帶他去喝點好酒。』為由拒絕，果然是老爹的作風。

那群年輕小夥子也在。

卡爾、埃米爾、羅爾夫、湯瑪士、歐根。

都是在我工坊工作的見習工匠。

「老大、女王陛下，恭喜你們。」

我向他們揮手取代道謝。

「恭喜女王陛下即位！」

我常光顧的酒店的大姊、熟識的娼婦和兒時玩伴也都來了。

還有我做流浪工匠時的夥伴們。

「維塞──你穿這樣很帥喔──」

帥氣的是你們吧。都修行結束回祖國去了，還特地跑來幫我一把。

感謝你們建造了新神殿。

感謝你們以蘿絲為模特兒雕刻那座女神像。

多虧你們，蘿絲是女神轉世才變得更有說服力。

馬車一回到王宮，賽巴斯汀便出來迎接我們。蘿絲將王錫和寶珠交給他，而他也小心翼翼地將物品收好。

「要叫女僕泡杯茶嗎？」

「不必了，謝謝。先讓我們倆獨處。」

「是，在下會傳達下去。」

我們倆回到房間，到晚餐會之前都是自由時間。

「呵呵，賽巴斯汀看起來累壞了呢。」

「在即位儀式七天前，忽然宣布要交換儀式的主角，準備起來可折騰人了，也難怪他會那麼累。」

「平安結束真是太好了。」

「才只舉行完即位儀式而已呢。」

傍晚要進行晚餐會，明天上午要去新神殿觀賞獻神舞，下午還有和貴族們的舞會。

「半年後，就是我和王兄的結婚典禮。」

歐墨尼得斯女神與凡人結婚，其後裔便是海德堡王族。繼承王族血統的我和蘿絲結婚相當於重現了神話，自然受到眾人的祝福。

「蘿絲是女神，不是凡人就是了。」

「哎呀，我可是凡人喔，我是王兄你的妹妹。」

「為什麼祭主大人，會改口說蘿絲是女神轉世呢。」

「那當然是因為我如女神般美麗呀！」

我不禁苦笑，敢一本正經說出這種話，確實很有蘿絲的風格。

「好啊，那就讓我檢查一下妳是人還是神。」

我將蘿絲擁入懷中撫摸她的屁股，蘿絲便焦急地扭動蠻腰。光是隔著禮服，揉捏她豐滿的臀部，她便發出焦渴的喘息。

「我想親妳，可以嗎？」

「當然可以♡」

我們雙唇交合，並將舌頭伸入。

妹妹也回應了我的深吻。

「咧嚕、啾♡啾……嗯♡……哈……」

蘿絲的舌頭，就像是粗粗的貓舌般，舌頭纏綿時甚至會有點刺痛。

我撫摸著妹妹的屁股，一面繼續甜蜜的接吻。

「嗯、咕嚕……啾啪♡♡」

平常一直瞪著我的妹妹，用著陶醉的表情閉上雙眸也很可愛。這樣一看，她的睫毛好長啊。

兩人的接吻甜蜜又令人焦心，像是要融化一般。

經過漫長且令人酥麻的雙唇交合，兩人的吻終於停止。

「我本來以為妳會嫌棄，畢竟會弄花口紅。」

「我晚點會重新化妝。在晚餐會前，我會將王兄留下的痕跡，徹底消除乾淨。」

她冷冷地說著。

我聽完笑了笑。我們的女王陛下，果然不會因為區區的吻而嬌羞啊。

我輕咬蘿絲的耳垂，呼地吹了口氣。蘿絲便不覺閉上雙眼，臉頰泛紅發燙。

接著順著頸部往上舔，蘿絲立刻「啊……」地發出甜美的叫聲，並直打哆嗦。

「看來妳忍了很久啊。」

「哎呀，憋太久的，不是王兄嗎？」

妹妹以纖細的小手，輕撫著我的股間。

我不由自主腰往後縮發出低鳴。

「我有什麼辦法，最近忙個不停，連睡覺時間都沒有啊。」

「呵呵，我也是一樣啊。不過，女僕將馬甲整個綁得死死的，還不能夠弄髒禮服。」

愛撫不能弄亂禮服，還得讓蘿絲產生快感，簡直就像在玩遊戲一樣。

我繼續搓揉蘿絲的臀部。

豐滿的臀肉，緊實得像是要將手指回彈，手感實在美好。

「嗯……」

隔著衣服也能分出奶頭變硬挺起了，身上還傳來瑞可塔的香氣，這是她發情的味道。

差不多了吧？

我鬆開擁抱，將褲子拉開掏出分身。淺坐在床上手向後撐，身體呈四十五度屹立。

妹妹見了我的肉棒，不覺發出吞口水聲，卻又馬上整理表情。

「王兄你真的是不解風情，這麼做簡直像個傻子。」

妹妹用冰冷的眼神俯視著我，她輕蔑的視線實在令人興奮不已。加上頭頂王冠閃爍著光輝，更使威嚴備增。

「抱歉，是我失禮了，那就別做吧。」

我站起來，把分身收回褲子。

蘿絲立刻露出惋惜的神情。

「妳想要吧？」

「王兄最討厭了！」

儘管嘴上這樣講，蘿絲的視線依然瞥向我隆起的股間。她扭扭捏捏地磨蹭著大腿，雙手假裝抱胸，實際上是在搓揉自己的胸部。

即便如此，她依舊怒視著我。

「若是想要，就把裙襬掀起，讓我看妳的騷穴。」

「你怎麼這麼低級!?王兄什麼的最討厭了!!你是在給自己挖墳墓嗎？怎麼不趕快鑽進去算了！」

我不禁失笑。這麼簡單一句「去死吧」，蘿絲都能代換成文雅的譬喻。

「我想看妳掀起裙襬。」

我再次催促道，蘿絲聽了緊咬下脣。

接著將禮服裙襬捲起往上掀。和平時穿的小禮服不同，正式的禮服裙襬極長。纖細的足部、被絲襪包住的小腿，以及膝蓋慢慢裸露出來。

冷豔的美貌，配上粉色的潮紅臉頰實在是太過尊貴了。

包覆到大腿正中的絲襪，被吊帶連結著，緩緩掀起的裙襬，一點一滴將吊帶的全貌展現出來。

最後，終於見到被內褲包覆住的私密處。而內褲的底部，被蜜液濡溼形成明顯的水漬。

「妳分明就溼了嘛。」

「低級！最討厭你了！我鄙視你!!」

妹妹雖用冰冷的眼神俯視我，但我一掏出肉棒，她頓時吞了吞口水，露出恍惚神情。

接著，便脫去內褲，將胸部從禮服裸露出來。

「跨上來。」

妹妹依照吩咐跨到我身上。

我坐在床上，兩人呈現對面座位的姿勢。王冠正好就在我眼前。

「這樣不好進去。」

「沒關係。」

我自己扶住分身根部，用龜頭抵著私密處。

我看準時機將前端滑入肉穴，並牢牢抱緊妹妹的背後站起身。因為穿了馬甲，背後觸感變硬硬的。

肉棒一點一滴地陷入肉壁中。

「呀啊！不要不要、好可怕！」

畢竟是第一次站著插入，蘿絲嚇得緊抱住我。龜頭一點一滴撐開肉壁，往上頂著子宮口。

蘿絲用單腳趾尖站立，另一隻腳則纏住我的腰。用站位做愛，有著不易弄髒禮服的優點，而且能使插入幅度加深。

「不行、好深！感覺太刺激了！啊嗚……」

我對抓住蘿絲屁股的手注入力量，反覆將她抬起和放下。

「啊啊啊、不行、好深、太深了！啊啊啊、王兄、好可怕！」

站著做愛，身體缺乏安定感，也難怪她會害怕。

她在我面前，小幅度地用頂著王冠的頭搖來搖去。

「交給我吧。」

嘟噗。

子宮頸黏液不禁湧出。

「好的，王兄。請好好地支撐住我！不只是我，還有我們國家……」

（我，一直很害怕。擔心光靠我一人沒辦法支撐整個國家。可是，王兄他幫我解決了一切難題。）

信賴的甜美，轉變成令人幾近痛苦的充實感。甚至覺得能將一切委身於兄長。

當國家超支無能為力之時，我只能選擇嫁給約阿希姆陛下度過難關。

當祭主大人說我是女神轉世時，我被突如其來的狀況嚇得無法思考。不過，兄長馬上就恢復冷靜，還說我才適合成為領導者，讓所有人都接受了。

兄長是個出色的人，能夠輕易完成蘿絲無法做到的事。

「比起建材，嗚、嗚嗚，蘿絲可輕多了。」

「請不要拿我和建材比較！」

「哈哈，說得也是。」

「呵呵♡」

「哈哈哈。」

為什麼站著做愛還能笑得如此開懷呢。

如果是和兄長，不論是多麼特殊的玩法，都能變成兩人間甜蜜歡愉的遊戲。

咕啾、咕啾、滋咕。

身體被前後搖動著，由下往上抽插的男根，不斷攪弄蘿絲的肉壁。

「討厭，好深♡好深……啊咕、啊啊、太深了！子宮要被插壞了！」

蘿絲死命用指尖支撐身體，卻因為子宮不斷被刺激而感到痛苦。況且，她是用單腳站立，會感覺只有左半身被不斷進攻。

王兄的肉棒太大，比起快感，痛苦反而更勝一籌。就好像身體被刺穿，龜頭要從口中刺出一般。既難受又痛苦，令人無法沉浸於快感之中。

「這邊的腳，也勾住我的屁股。」

王兄他，拍了拍做為支撐腳的大腿。

「不行……我……做不到……這樣會變得、更……難受……」

此時兄長搔了我的腋下，使我頓時乏力站不住腳。

他見狀便把我的腳抬起。

「不要，好可怕！不要——」

蘿絲急忙用雙腳，纏住兄長的腰部。

兄長則雙手抓住屁股，將我的身體撐起。

兩人呈現站立懸吊式體位。

明明雙腳浮空，身體卻充滿安穩感，而且不會痛。

「啊啊、王兄♡♡♡王兄！好舒服♡太爽了！」

「嗚嗚……」

維塞漏出喘息。

被妹妹緊緊抱住不只覺得舒服，甚至有種被依賴的感覺。

（蘿絲那麼可愛實在是叫人欲罷不能。）

維塞對支撐屁股的手注入力量，不斷將她上舉再放下。

「好棒、好舒服♡太厲害了……啊啊、好深♡插這麼深、好喜歡♡♡最喜歡了，王兄♡」

（蘿絲好像只有在刺激深處時，會說喜歡我啊。）

蘿絲現在已經感受不到絲毫恐懼和痛苦，臉頰泛起紅暈，雙眸陶醉地閉上。

每當抽插時，頭上戴的王冠便會搖晃，綻放出鮮明的光輝。

「王兄、啊啊、不行，已、已經、要洩了——」

妹妹身子哆嗦連連。

子宮頸黏液如潮水般湧出，身上散發出瑞可塔的香氣。

「不行！要去了！」

頭部往後弓起露出白皙喉嚨，身體因痙攣而僵硬，肉壁緊絞住肉棒不放。

妹妹勾住我屁股的腳，和環住背後的手不自覺地使勁讓人感到疼痛。不過奮力緊抱住我的蘿絲也同樣惹人疼愛。

「嗚……」

維塞腹部用力挺住這股痛覺。

雖然痙攣瞬時便解除了，不過妹妹睜開的雙眼，依然顯得恍惚。

「還沒射？」

「嗯。」

站立懸吊式體位，重點是要好好支撐住女方才行，畢竟要是一分神，便無法沉浸於快感。

因此，變得遲洩也是無可厚非，但相對能多次品嘗到讓妹妹高潮的樂趣。

讓身為國民憧憬的女王陛下，因自己的老二嬌喘高潮實在是極致的享受。

（我也真是太厲害了。）

「不、不行、好難受♡已、已經……啊、不行，人家不行了，王兄──」

快感過度強烈而變得難受。

蘿絲不由自主掙扎起來。

「啊啊、啊♡啊啊……不行、啊……太舒服了♡好難受♡王兄！」

子宮隱隱作痛。

想快點讓精液射進來，從這甜美的痛苦中逃脫。然而，兄長依舊不斷將蘿絲抬起放下抽送著。

「王兄，最喜歡你了♡請給我♡王兄的、精液♡♡♡」

「嗯。」

兄長輕描淡寫的回覆，令蘿絲的怒意一口氣膨脹了起來。

「討厭，討厭、討厭！王兄、最討厭了──」

蘿絲刮起兄長的背部，並用纏住腰部的腳，將自己身子往上抬。因為想要逃過從下而來的抽插，只有這個辦法而已。

「嗚哇，不要亂動啊、嗚嗚──」

世界忽然天旋地轉。

背對著床站立的王兄，水平轉了一百八十度，將蘿絲放到床上。

「呀啊——」

床的彈簧溫柔地接住了蘿絲的背部。王冠從頭上落下，滾到她的臉旁。

肉棒雖順勢被拔出來，兄長卻再次用正常位撲倒在我身上，開始擺動腰部。

「啊啊♡好舒服！王兄♡♡♡♡……請給我你的精液♡」

「嗚嗚、夾得好緊！這是何等的名器！嗚——」

本來蘿絲聽了這種話會怒斥對方無禮，現在卻對這直率的讚揚感到愉悅，她不禁喊道：

「那是當然的！我可是女神呢♡！」

「哈哈哈，這才是蘿絲嘛。」

滋噗、咕啾、嚕噗。

肉棒不斷抽插令肉壁發出的水聲、床嘎吱作響的聲音、蘿絲和兄長的喘息聲重合在一起。

雖然幾乎被快感所支配的意識一角，依然想著不能讓禮服弄皺。

但蘿絲的視線卻像是發出斷斷續續的閃爍，被銀白色的光芒所渲染。

「就差、一點了，嗚、嗚——」

維塞發出低鳴扭動腰部。

就快要射精了。

抽送變得越來越快。

比起站立懸吊式體位這種特殊的玩法，正常位這樣普通的交合，更能讓人感到安心。

「請給我♡王兄的精液♡讓我、懷上♡王兄的孩子♡！」

我不禁感到驚訝。

和蘿絲做愛時，我一直都很小心謹慎。

畢竟哥哥讓妹妹懷孕實在不是什麼光彩的事。

每次內射都會抱持著罪惡感。

（但是現在，我們六個月後就要結婚了。讓蘿絲懷孕也沒關係了。）

「不行，要洩了♡！」

蘿絲先一步高潮了。身體發出了劇烈顫抖，就連滾到蘿絲臉龐的王冠都被痙攣震得上下彈動。

小穴一口氣收緊，使得肉棒動彈不得。布滿皺褶的肉壁，飢渴地吸著肉莖。

「嗚……」

維塞像是要掙脫肉壁似的，奮力向深處挺入。

龜頭直接頂向子宮，肉穴內的觸感雖然滑軟，子宮卻很堅硬，碰得龜頭都感到疼痛。

此時維塞迎來極限。

嘟噗！

熱火一股腦衝向頭部，令身體感到沸騰。

「懷上我的孩子吧！」

維塞抱持著要對子宮播種的覺悟，奮力將龜頭挺向子宮更深處。

「好的，王兄♡」

「嗚嗚——」

嘟咻、嘟咻嘟咻！

嗚哇，也射太多了！

即位儀式前忙得焦頭爛額，別說是和蘿絲做愛，就連自慰的機會都沒有，使得精液量特別多。

而且今天，還是先品嘗過口交和乳淫忍住沒射才插入，精液比平時還要濃郁。

射精時的快感更是平時所無法媲美。

「啊啊，種子♡進到……子宮了♡子宮……啊……被射滿了——」

蘿絲一面發出哆嗦，一面傾訴內射的快感。

「嗚、嗚……」

連我都沒想到會射這麼多。

待精液全部注入蘿絲子宮後，我才將分身拔出，身體簡直是無比通暢。

蘿絲閉眼癱倒在床，撐開的穴口仍呈現龜頭的形狀。

明明射了那麼多，精液卻一點都沒流出來，看來是全部被子宮給吞了。

真的會懷孕嗎？

若是真懷上我的種就好了。

我起身下床，正拿布擦拭肉棒時，蘿絲也慢慢地爬起來。

「呼，腹部被射滿了好沉呢♡」

「抱歉。」

「沒關係，我幫你清乾淨吧。」

「真高興啊，拜託了。」

正當我等著她拿布擦時，蘿絲忽然跪在我面前，扶起我的龜頭，從下開始舔拭肉棒。

「嗚哇，蘿絲、這、這是……」

「是打掃口交啊♡」

「不用了啦，這、這個……這又不好吃。」

「這個很美味啊♡」

蘿絲十分憐惜地，舔著被蜜液和精液裝飾的肉棒。

我一開始還擔心她會說味道噁心想吐。

蘿絲舌頭表面布滿粗粗的顆粒。

而那些顆粒，一再刺激著我的龜頭、包皮繫帶、肉傘和肉竿。

「嗚哇，嗚、嗚啊啊。蘿絲，妳、妳到底怎麼了？」

竟然在播種性交之後，舔弄沾染自己淫水的肉棒，這種事連娼婦都不會做。

更何況，做的人還是我國的女王陛下。

維塞不由得慌張起來。

「咧嚕，反正、口紅都花掉了……接吻♡……和口交♡不都、一樣嗎！咧嚕、咧嚕咧嚕♡啾噗、啾♡♡♡」

「喂喂，快住手啊。現在才剛射精，變得很敏感。」

「哎呀，可是這邊，卻完全沒變大呢，看起來就是個柔軟瘦小的雞雞。」

妹妹緊握住沾滿唾液、精液和愛液的肉棒，不斷套弄起來。

「畢竟才剛射過嘛，裡面當然全空了。還有拜託不要說我軟或是小好不好……」

「呀哈哈。請別這麼無精打采的，王兄可是最棒的男人！還有著無比的巨根呢！雖然我沒其他對象比較就是了。」

「噗哇哈哈哈——」

「呵呵。」

妹妹露出了極為憐人的笑容。

啊啊，蘿絲為什麼會如此可愛。

「這次用口穴幫我吹吧。」

「？」

「之前不是做過嗎？就是露出嘟起嘴的醜臉，頭前後甩動的那個。」

在剛才談笑時蘿絲也不忘套弄肉棒，讓肉莖恢復了八成硬度。

「你說醜臉？」

蘿絲身上散發出一股驚人的殺氣。

（她生氣了！）

維塞慌張解釋道：「不過蘿絲不論露出哪種表情都很可愛。」

妹妹聽完便開懷地笑了出來。

接著，再次將龜頭含進嘴裡。

雙手將兄長的屁股兩側抓牢，頭開始前後甩動。

「啾噗啾噗、啾嚕啾嚕、嚕啾嚕啾……嗚……啾噗……」

動作猛烈到讓人懷疑她會不會弄傷脖子。

「不需要、做到、這、種程度、啦。」

蘿絲噗的一聲將肉棒吐出。

「還不是因為喜歡王兄♡我才會這麼做！這是我給你的獎勵♡♡！你應該感到光榮!!」

「我、我感到無比榮耀，女神。」

「啊，我也真是的。那個、忍不住，咄咄逼人了。其實我♡只是想喝王兄的精液而已♡」

「好啊，盡情喝吧。」

蘿絲再次吸吮肉棒。舌頭表面的顆粒、上顎內側的溼漉、滑嫩的兩頰、炙熱潔淨的唾液、不斷刺激著肉棒。

「啾、咧嚕♡咧嚕咧嚕♡啾啪、嗯……」

她陶醉地吸著我的肉棒，看起來真的是幸福。

妹妹、女神轉世、女王陛下，同時也是我的妻子，多麼地尊貴，多麼地可愛。

「嗯……啾♡……啾啪……咧嚕♡♡♡」

蘿絲雖然全神貫注在口交上，但畢竟射過一次，維塞遲遲無法射精。

「……啾、咧嚕……啊，怎麼辦♡下巴好痠喔……啾噗啾噗……」

「沒關係吧，在晚餐會前喝了精液，當心吃不下飯。」

「說得也對！」

此時，牙齒碰到了肉莖，頓時感到一陣火辣。

這股痛覺成了導火線。

將快感誘發出來。

腰部深處再次湧出沸騰的精液，尋求宣洩的出口。

「嗚嗚，要、要射了——」

「啾啾啾——」

蘿絲更加賣力地吸吮男根。

那副模樣，就像是不計代價都要喝到精液。

嘟噗！

「嗚哇，要、要射了——」

咧嚕。

舌尖刺激即將射精的龜頭，使維塞不禁叫出聲來。

「嗚！」

她為了避免精液跑進氣管嗆到，好像事先用舌尖抵著上顎保護喉嚨。

嘟噗嘟噗！

蘿絲用力吸吮肉棒，將精液積在口腔中。

「嗚、嗚嗚嗚——」

淫漉的舌頭下方觸到龜頭，產生出一種欲罷不能的獨特吸引感。叼著男根的粉色雙脣、嘴邊流下的精液，配上蘿絲陶醉的表情，使得這畫面格外煽情。

「啾嚕啾嚕，啾、啾噗、啾嚕啾嚕……」

畢竟是第二次射精，精液並不會說特別濃，相對較好入口。

蘿絲將精液一飲而盡後才將肉棒鬆口。

接著拿起水壺倒了杯水喝，發出一聲嘆息。

「肚子被塞滿了……」

她邊抱怨邊把內衣穿上。

將禮服重新整理好，撿起滾到床上的王冠戴上，再次變回高貴的女王陛下。

換作是娼婦通常會在纏綿後親熱撒嬌，才能確保恩客回流，而蘿絲卻是一如往常的冷酷，高高抬起下顎鄙視著我。

妹妹會說出喜歡啊、愛什麼的，就只有在子宮被瘋狂抽插的時候。這樣的反差才是她最大的魅力。

頓時門外傳來敲門聲，蘿絲一瞬間變回嚴肅的神情。

「女王陛下、維塞大人，是時候做晚餐會的準備了。女王陛下，請讓我們為您重新上妝。」

「好，進來吧。」

女僕拿著化妝道具進房的同時，蘿絲展露出溫柔的笑容。那變化之大簡直像是拿了張面具戴上，讓維塞不禁失笑。

「哈哈哈。」

「呵呵。」

蘿絲也露出可愛的笑容，放聲笑了出來。

女僕們雖一臉不可思議，卻也被兩人逗笑。

我國的女王陛下、女神轉世，以及我的妹妹兼妻子。

（我愛妳，蘿絲。）

終章　當上了女王夫婿，苦難依然沒有結束

海德堡王國，是位於大陸中央的小國。被列支敦和明克斯這兩大國夾在中間與外界隔絕。若是從天空俯望我國的話，看起來大概就像是荷包蛋的蛋黃。

只要經由貫穿整個明克斯王國的寬闊街道，坐馬車只需半天，徒步也只要一天就會到達。

雖不用付通行稅，入國稅和居留稅仍是必需的。

前來的觀光客，首先會前往歐墨尼得斯神殿，向祭壇獻上祈禱。神殿裡有著許多美麗的繪畫和雕飾，透過彩繪玻璃照入的陽光，甚至令人產生彷彿身處天堂的錯覺。若是運氣夠好還能聽到聖歌隊的歌唱。

接著移動到新神殿，觀賞免費的巫女舞表演。這是觀光客本來無從觀賞的巫女

舞，經由職業舞者再現的表演。其中還包括了歌手獨唱、群舞等精采絕妙的演出。一天會有六場表演，想看幾次都可以。

巫女舞表演中最有人氣的，是一位看似好強，名叫底波拉的舞者，甚至有人會特地奔赴新神殿看她表演。

前來觀光的庶民會住在民家改建的旅館，接受暖意融融的款待。

富裕階層則會選擇入住離宮。在那裡能夠受到女管家和執事無微不至的服務，還可以享用宮廷料理，讓人覺得自己成了王公貴族而深受好評。

另外觀光地所常見，孤兒造成的偷竊事件，在這國家幾乎不會發生。因為孤兒院有進行妥善整頓，孤兒們也都能過上幸福的生活。

此地溫泉的泉質也是一等，大家都說泡了能療癒身心。

各地還設有公眾浴池，全都能免費使用。

因受到王宮文化的影響，料理蘊含著纖細的美感，而且十分美味。

該國還有娼館，娼婦們個個都是美女服務又周到，能夠與她們度過一段宛如真正情侶的幸福時光。

至於觀光客必買的土產，是印有海德堡王家紋章的餅乾。這印上百合紋樣的餅乾易於保存，拿來當土產再適合不過。

也有人來此購買王宮御用的湯匙或食器。

然後最叫人期待的是……

觀光客紛紛湧入王宮中庭。

今天是女王陛下在王宮露臺向民眾揮手的日子。

一般而言，外國的遊客，是不可能進入王宮的。

海德堡王國卻是例外。

王宮中庭被興高采烈的群眾擠滿。

開幕的音樂響起。

「啊，陛下登場了。」

女王陛下一站上露臺，底下群眾便高聲歡呼。

「啊啊，實在太美麗了。」

「多麼神聖啊。」

「她可是真正的女神呢。」

「聽說蘿絲女王陛下，是歐墨尼得斯女神轉世對吧？」

「聽說她生為孤兒，過著平民生活吃了不少苦頭，實在令人心生憐惜。」

「站在女王身旁，那個看似凡庸的男人是誰？絲毫沒有高貴的氣質啊。」

「那位是蘿絲女王的夫婿，好像是王族的人。」

我站在蘿絲身旁邊向群眾揮手，邊望著滿坑滿谷的觀光客暗自竊喜。其實我一直擔心觀光客是否真的會來，甚至為此感到胃痛。看來全都是杞憂，觀光客多到能擠滿整個中庭。

「大家的臉，看起來就像是第納爾金幣呢。」

蘿絲一面向觀光客揮手，一面說道。

我聽了則不禁苦笑。

「喂喂，慈愛的女神怎麼能說這種話。」

「因為，多虧了大家支付的居留稅和入國稅，我們才能夠蓋孤兒院啊。」

「最終目標，是建立不需要孤兒院的國家，然後蓋學校提高識字率。」

我國沒有學校。雖然能在神殿學舍和私塾接受教育，但有能力學習的只有那些富家子弟，希望有一天能設立全部以公費補助支出的學校。

「若是全國國民都能學會讀寫計算，不知道能有多美好。」

「前路漫長啊。」

兩人揮到手都痠了，才回到王宮。

觀光客們也一臉滿足地離開中庭。

「肚子還好嗎？」

「很好，孕吐也舒緩了不少。」

雖然現在還不太顯眼，但蘿絲懷孕了。似乎是即位儀式後的播種性交受胎的。

才剛辦完結婚典禮就已經有了六個月的身孕，醫生聽了也百思不得其解，但蘿絲畢竟是女神轉世，這種不可思議的事也是會發生的，大家便這麼接受這項事實。

「啊，剛才、寶寶踢了我的肚子。」

我將手按在蘿絲的肚子上。

「真的呢，還踢個不停。竟然敢踢女神的肚子，實在太無禮了吧，喂。」

「呵呵。」

蘿絲展露出有如女神般的微笑。

國家圖書館出版品預行編目資料

平民王子與能幹妹妹的赤字國家重生術 / 若月光作；
HAKUI 譯．-- 1 版．-- 臺北市：城邦文化事業股份有限公司尖端出版：英屬蓋曼群島商家庭傳媒股份有限公司城邦分公司發行，2022.04
面；　公分
譯自：国王になったが妹は俺を嫌うし、国庫は大赤字で大変です
ISBN 978-626-316-708-7（平裝）

861.57　　111002637

浮文字

平民國王與能幹妹妹的赤字國家重生術

（原名：国王になったが妹は俺を嫌うし、国庫は大赤字で大変です）

著　　者／若月光
譯　　者／HAKUI
繪　　者／みやま 零
執 行 長／陳君平
美術總監／沙雲佩
企劃宣傳／楊玉如、施語宸、洪國瑋
榮譽發行人／黃鎮隆
美術編輯／李政儀
國際版權／黃令歡、梁名儀
協　　理／洪琇菁
執行編輯／曾鈺淳
內文排版／謝青秀
總 編 輯／呂尚燁

出　　版／城邦文化事業股份有限公司 尖端出版
台北市中山區民生東路二段一四一號十樓
電話：（〇二）二五〇〇－七六〇〇
傳真：（〇二）二五〇〇－二六八三
E-mail：7novels@mail2.spp.com.tw

發　　行／英屬蓋曼群島商家庭傳媒股份有限公司城邦分公司　尖端出版
台北市中山區民生東路二段一四一號十樓
電話：（〇二）二五〇〇－七六〇〇（代表號）
傳真：（〇二）二五〇〇－一九七九

中彰投以北經銷／楨彥有限公司（含宜花東）
電話：（〇二）八九一九－三三六九
傳真：（〇二）八九一四－五五二四

雲嘉以南／智豐圖書有限公司
（嘉義公司）電話：（〇五）二三三－三八五二
傳真：（〇五）二三三－三八六三
（高雄公司）電話：（〇七）三七三－〇〇七九
傳真：（〇七）三七三－〇〇八七

香港經銷／城邦（香港）出版集團有限公司
香港灣仔駱克道一九三號東超商業中心一樓
電話：（八五二）二五〇八－六二三一
傳真：（八五二）二五七八－九三三七
E-mail：hkcite@biznetvigator.com

新馬經銷／城邦（馬新）出版集團 Cite（M）Sdn. Bhd.
E-mail：cite@cite.com.my

法律顧問／王子文律師　元禾法律事務所
台北市羅斯福路三段三十七號十五樓

二〇二二年四月一版一刷

■中文版■

郵購注意事項：
1.填妥劃撥單資料：帳號：50003021戶名：英屬蓋曼群島商家庭傳媒(股)公司城邦分公司。2.通信欄內註明訂購書名與冊數。3.劃撥金額低於500元，請加附掛號郵資50元。如劃撥日起 10～14日，仍未收到書時，請洽劃撥組。劃撥專線TEL：(03)312-4212 ・ FAX：(03)322-4621。E-mail：marketing@spp.com.tw